杜祐人です。
間ですが、
しくお願いします！」
劣等能力者、女学院に潜入&調査開始!!

「みんな気をつけて！
瑞穂さん、マリオンさん、警戒して！
一悟、ニイナさんは僕らの後ろに！
でも離れないで！」
逃げろとは言わない。
むしろそちらの方が危険かもしれないのだ。
祐人のその声は戦場で出す声色そのものであった。

茉莉は衝動的に祐人の胸に飛び込んだ。
「祐人……私、祐人のこと……
祐人のことが！」

魔界帰りの劣等能力者

5.謀略の呪術師

たすろう

HJ文庫
909

口絵・本文イラスト　かる

Contents

プロローグ

アジアの大国に台頭した中央亜細亜《あじあ》人民国。

その首都である北京から西に十キロほど移動した郊外《こうがい》に軍関係の施設《しせつ》がある。

施設自体は人民党所轄《しょかつ》の人民軍のもので別に珍《めずら》しくはない。

だが、その中身は通常の軍とはまったく別物と言って差《さ》し支《つか》えなかった。

中国人民党でも上位の幹部、または軍の上級将官にしかその中身を知らされておらず、まさかこの施設が人民党内部においても超《ちょう》の付く極秘《ごくひ》施設とは誰《だれ》も知らなかった。

五階建ての施設は大きな池のほとりにあり、都市間を繋《つな》げる国道から外れたところに位置している。外観は一般《いっぱん》の軍関係の施設とまったく変わりはない。

しかし、敷地内《しきちない》には人民軍の誇《ほこ》る特殊《とくしゅ》訓練を受けた部隊が二十四時間常駐《じょうちゅう》しており、建物には考えられる限りの厳重なセキュリティーが幾重《いくえ》にも施《ほどこ》され、部外者の侵入《しんにゅう》はほぼ不可能と警備担当の指揮官も自負している。

この施設は軍内部の組織図でいくと、人民党直轄の第三諜報《ちょうほう》室とだけ記載《きさい》されている。

だが、この施設の本当の役割を知る者にはこう呼ばれていた。

水滸《すいこ》の暗城《あんじょう》……と。

今、その施設へ北京《ペキン》から高級車を走らせた国防部部長の張林《チャンリン》が到着《とうちゃく》した。

張林は四十五歳《さい》という若さで人民党内部の出世街道《かいどう》を駆《か》け上《あ》がり、現在は人民党の中央に出仕している。今、中国の政治筋で内外からの注目を集めている男だ。

張林は身長は高くないが押《お》し出《だ》しが強く、自信に満《み》ち溢《あふ》れた態度で誰にでも相対し、それでいて上役には極度な低姿勢という人民党内部にはよくいるタイプの人間である。

だが、この男には他《ほか》の人間に比べ特に秀《ひい》でた能力があった。

それは、資金集め、である。

張林は政府の立ち上げた新政策や新組織の内容を把握《はあく》し、その要点と穴をすぐに把握する。そして、この情報をもって軍部高官や自分が所属する派閥《はばつ》の上官にだけ提案するのだ。

それは簡単に言えばこうだ、「これで莫大《ばくだい》な金が儲《もう》けられますよ」と。

もちろん、その内容は黒に近い灰色の儲け話。だが、張林の提案で恩恵《おんけい》に与《あずか》った幹部たちは当然、この男を重用するようになる。

この一党独裁の大国において、いち早く出世する方法を張林は熟知しており、また、実際にその能力を兼《か》ね備《そな》えていたと言えるだろう。

そして、何よりもこの男は運が良かった。

それは神がかりと言っていいほどの運を持っていた。

張林の黒い噂《うわさ》は党内で何度も囁《ささや》かれた。そうなると当然、これに対し調査を入れる真っ当な人民党員や政敵が必ず現れた。

だが、そのすべてをこの張林は掻《か》い潜《くぐ》ってきている。

時には万事休《ばんじきゅう》す、ということもあった。

しかし、そんな時にも政敵が絶妙《ぜつみょう》なタイミングで失脚《しっきゃく》したり、粛清《しゅくせい》されたりする。中には調査の途上《とじょう》で原因不明の病で倒《たお》れたりする者や自ら調査を中止して一切《いっさい》の事情を話すことなく政治の世界から去った者もいた。

こうして張林は誰からも足を引っ張られずに異例の早さで出世を重ねた。

張林の車の運転手は張林が何度もこの施設に訪問しているのを知っている。もちろん、その理由やこの施設についての質問などしたことはない。

そういった余計なことが自分の明日を左右することを知っているのだ。特にこの国の中《ちゅう》枢《すう》にまで食い込んだ張林の部下をするのであれば出すぎた真似《まね》は命取りになる。

だが、それさえしなければ自分にも十分すぎるくらいの恩恵が来る。

この張林にはそういう不思議で危《あや》うい雰囲気《ふんいき》が醸《かも》し出されていた。

張林の車が施設の敷地入口で厳重なチェックを受けて中に通されると、建物入口前では張林を出迎《でむか》えた軍人が立っている。この者は張林の推薦《すいせん》でここに派遣《はけん》された張林の息のかかった軍人である。

「伯爵《はくしゃく》は？」

「はい、いつものところでお待ちしておられます。まるで、張部長が来られるのを知っているかのようでした」

「ふふ、いつものことだ。そんなことを疑問に思っていては付き合いきれんぞ？　この〝闇夜《あんや》之豹《のひょう》〟はな」

「……はい」

張林にそう言われても理解の及《およ》ばないこの軍人の応答は弱々しいものだった。

だがそれは仕方のない事でもあるかもしれない。

〝闇夜之豹〟とは中国において超極秘《ちょうごくひ》部隊。

そしてその正体は異能を持つ人間たちを集めた謂《い》わば能力者部隊のことである。彼《かれ》らを常識で測ってはならないのだ。

張林は他の先進国にもこういった組織があることを知っている。

その意味で中国にもこのような組織があっても不思議ではない。

さらには世界の裏側には世界能力者機関なるものもあるのだ。

張林はそれを初めて知った時、どの国にも属さない能力者の独立機関があることは脅威《きょうい》としか言いようがない、とすぐさま鼻白んだ。

能力者は有用だ。いや、有用すぎる。

そして、危険なのだ。

それは国家間のパワーバランスを崩《くず》しかねないほどに。

実際、これが各国の共通認識《にんしき》でもあるだろう。

張林は極秘施設内の道を勝手知ったるところと言わんばかりに進み、エレベーターに乗って五階で降りると廊下《ろうか》の突《つ》き当《あた》りにある木製の豪奢《ごうしゃ》な扉《とびら》をノックした。

「どうぞ」

中から紳士的《しんしてき》な声が聞こえてきた。

張林が扉を開けると軍人は敬礼をしてその場で待機した。

部屋の中は欧州《おうしゅう》の調度品で統一されている。この部屋の主《あるじ》の好みなのであろうが中に入ると一瞬《いっしゅん》、中世ヨーロッパの貴族の部屋に舞《ま》い込んだような錯覚《さっかく》すら覚える。

「お待ちしておりました。林殿《どの》……いや、今は国防部の部長でしたかな？」

そこには五十代半ばに見える白人男性が立っていた。

白髪《しらが》交じりだが綺麗《きれい》に髪《かみ》をセットし、かつての欧州貴族のような恰好《かっこう》をしている。

また、表情には陰《かげ》というものがなく、まるで苦労を知らない大貴族の当主といった感じでにこやかに張林に応対する。

この人物こそがこの部屋の主にして異能力者部隊〝闇夜之豹〟の頭目であるアレッサンドロという男だ。中国政府から強く請《こ》われてこの異能力者部隊を率いている。

出自はイタリアで長くフランスにいたという男だが、それが事実であるのかは未《いま》だに謎《なぞ》で、分かっていることはこの男が強力な能力者だということだけだ。

「いつも通り、林でいいですよ、伯爵」

「そうですか、まあ、お座《すわ》りください、林殿。良いお茶が手に入ったのでね。ロレンツァ」

アレッサンドロが声を上げると奥《おく》の扉から美しいブロンドの女性が姿を現し、張林に朗《ほが》らかな表情を見せた。以前、アレッサンドロから妻とは二十歳ほど離《はな》れていると聞いたことがあるが、外見からはもっと若く見える。

「林殿が参った。あのお茶を頼《たの》めるかな？」

「まあまあ、いらっしゃい、林さん。あら、失礼、今はお偉《えら》いさんでしたね」

「はは、いつも通りでいいですよ、ロレンツァ夫人」

「そう、じゃあいつも通りに」

「お茶は夫人自らお入れになられるので？」

「うーん、やっぱり、紅茶だけは任せられないのよね。林さんの口に合えばいいのだけど」

「とんでもない。夫人が入れたお茶は極上《ごくじょう》なのは知っています。恐縮《きょうしゅく》ですが、ご相伴《しょうばん》、与《あずか》ります」

「ふふ、お上手ね」

そう言うとロレンツァは笑顔《えがお》でまた奥に入って行った。

実は張林はこの夫妻と以前から面識があった。

それは張林がまだ人民党員の下役人でもあった十五年前。人民党地方幹部の随行《ずいこう》という仕事が舞い込みパリへ出張した時だった。

日中に一通りの仕事をこなし、夕方には解放された張林は一人歓楽街《かんらくがい》へ向かう。

そこで偶然《ぐうぜん》、入った店で隣《となり》に座っていたのがこの二人だった。

本来、警戒心《けいかいしん》の強い張林なのだが不思議とこの二人には最初から気を許した。

その後、張林は二人の馴《な》染《じ》みの店というパブに連れて行かれると自分の貧しかった出自や今、感じている仕事への強い不満、そして、いつかどんな手を使っても上に昇《のぼ》りつめてやるという、誰にも言ったことのない心の内をぶちまけた。

今、思えば迂闊《うかつ》なことをしたと張林も思う。

だが、これが張林の人生を大きく変えた。

この張林の話を聞き終えたこの夫妻の言葉によって。

「その願いを私たちが叶《かな》えてあげましょう」

それから十五年、張林は何かあれば必ずこの二人に相談した。アレッサンドロは自身を伯爵であると言ったので張林はそれから伯爵と呼ぶようになった。

そして、現在、張林は異例の早さで今の地位についたのだ。

その後に張林は知った。

この二人は普通《ふつう》の人ではないと。

出会いから十五年経《た》ち、自分は歳に応じてその歳に相応《ふさわ》しい容姿になっていったが、この二人は出会った時と変わりがない。

まるで、この二人の周りだけ時が止まったように、あの時のまま。

だが、今、張林はそれを不思議とは思わない。

何度もこの二人から奇跡《きせき》を見せられてきたのだから。

そのせいか、この夫妻が告げてきたこともすぐに受け入れられた。

自分たちは錬金術師《れんきんじゅつし》にして呪術師《じゅじゅつし》。

つまり、能力者であると。

「それで林殿、今日はどのような用件ですかな？　私に相談があるのでしょう」

これは張林が来るとアレッサンドロが必ず言う言葉だ。

「はい、実は伯爵には日本のある人物の行動を止めて頂きたいのです」

「ほほう、その人物とは？」

張林は鞄《かばん》から資料と写真を出してアレッサンドロに渡《わた》した。

「日本の実業家で法月貞治《ほうづきていじ》と言います。現在、この男を中心に日本の資本家が集まり、東シナ海と日本海を中心に海底資源の開発に乗り出しました。これは我《わ》が国《くに》では受け入れがたいと考えているのです」

「ふむ……よく分かりませんが、これが中国政府になにか不都合でも？」

「はい、我が国は以前からこの海底資源に目をつけていました。また、東シナ海は古来我が国の領海と理解しております。これを隣国《りんごく》の日本が海底資源を採掘《さいくつ》、実用化するというのは我が国として看過できないものです。これは将来のパワーバランスすら変えかねないものです」

実際、中国はこの海底資源を自国のものとしようとする野心があり、それを損《そこ》ねる行動を日本がした場合は常に大きな声であらゆる理由をつけて非難し、国家間の政治問題に仕立ててきたのだ。

それが功を奏し日本側の配慮《はいりょ》を引き出すことに成功していたが、今回は日本の民間から動きが活発になった。また、この法月なる実業家は非常にやり手で辛抱強《しんぼうづよ》く、ついには今年中には日本政府に開発の許可を取り付けられそうな勢いだった。

これが実現してしまうと資源を求めて外交を重ねてきた中国にとって大きな痛手であり、しかも今、問題化させようとしている東シナ海をめぐる領有権争いにもイニシアチブをとられてしまう可能性がある。

だが、張林が動いているのはそのような理由ではない。実は張林は東シナ海ですでに中国が開発を進めている国家事業に関《かか》わっているのだ。ここから上がる油によって莫大な収益を得ており、これを軍幹部にも横流ししている。

それらしい理由をつけてはいるが自身の欲望と野心による行動である。

今後、東シナ海を中心に力ずくでも領有権を主張し、資源開発するということが成れば張林の受ける恩恵は計り知れないのだ。

「ふむ……それは、それは。で、わたしはどうすれば？」

これも、いつも決まった張林とアレッサンドロの受け答え。

この後に話すことが、本筋。そして、ここからは建前すらなくなるのが、この二人のお約束であった。

「はい、この法月という男に脅《おど》しをかけます。中々、骨のある男のようなので家族や友人、もちろん、この男の賛同者である資本家及びその家族にも同様にお願いします。まずは殺す必要はありません。さすがに名の通った者たちですので派手に動くとこちらに目が向けられる可能性がありますので」

「ほほう、なるほど」

この張林の不穏当《ふおんとう》な言葉にもかかわらず、アレッサンドロは笑顔で応じる。

「資料もこちらに」

その資料には法月貞治の略歴や家族の情報が詳細《しょうさい》に記載されており、その事業の賛同者についても同様だった。

アレッサンドロは資料に目を通すと、ある文面に目を留めた。

それはこの法月なる娘《むすめ》の通う学校名。

そこには法月秋子《あきこ》十五歳、聖清女学院《せいせいじょがくいん》在校。現在、校内において生徒会の書記を務めているとの記載がされていた。

また、この事業に賛同する他の資本家たちも、この学校に大事な娘を通わせていることが見受けられた。

「ククク、本当にあなたは……私たちに、なくてはならない御仁《ごじん》だ」

「は？」

「いえ、よく分かりました。他でもない林殿の頼みです。何とかしてみましょう」

「ありがとうございます」

一瞬だけアレッサンドロから陰のある表情を見たような気がした張林だったが、今、見せている、いつものアレッサンドロの柔和《にゅうわ》な表情に気のせいかと考える。

そこにトレイに三つのティーカップとポットを載《の》せたロレンツァが入って来た。

「あら、楽しそうね、二人とも。何を話していたのかしら？」

「あ、はい、夫人、ちょっと仕事の話を」

「そう、でも、もうまとまったみたいね。じゃあ、お茶を楽しみましょう」

「はい」

その後、三人は他愛《たあい》のない歓談《かんだん》をし、そろそろ張林が退出しようかと考えるとアレッサンドロが張林に声をかけた。

「林殿、今回の仕事で少々、私からお願いがあるのですがよろしいですかな」

「はい、それは何でしょう、伯爵」

このようなことをアレッサンドロが言ってくるのは珍しい。

「実は、ある人物が欲《ほ》しいのです」

張林は眉《まゆ》を顰《ひそ》めた。

「伯爵は今の〝闇夜之豹〟の陣容《じんよう》に御不満があるのでしょうか」

「いえいえ、そうではないのです。実は私たちは長年、ある実験の適任者を探していまして、それがつい最近、見つかったのです」

「実験とは……？」

「まあ、私もこの国の禄《ろく》を食《は》む人間です。それで以前からこの国に有益なまじないを施そうと考えていました。そのための呪術的な実験なのですが、それにはどうしてもそれに見合う立会人が必要なのです」

「はあ……」

張林はそう言ったオカルトの類《たぐい》のことには疎《うと》いので生返事を返す。

「ですがこれが成功すれば、この国にもあなたにも相当な利益があると思います。いや、本当のところを申しましょう、特に林殿に、です。この生活も林殿があってのものですからな」

張林の目つきが変わるのを見てアレッサンドロは目を細める。

「それで単刀直入に言いますと、その適任者を攫《さら》ってでも連れて来たかったのですが、それが出来ませんでした。その人物は親兄弟のいない天涯孤独《てんがいこどく》の少女でしたので証拠《しょうこ》も残さず誘拐《ゆうかい》しても良かったのですが、今はちょっと厄介《やっかい》な家に身を寄せていましたのと有名な女学院に在籍《ざいせき》していたこともあって簡単ではなくなってしまっていたのです」

「ふむ、なるほど」

張林は呪術のことは理解ができないが、それ以外の言っていることは理解できた。張林にとって人が攫われることなど大したことではない。別に証拠さえ残さなければ殺しても問題ない。張林は自分に不利益さえなければ関心を抱《いだ》くことのない、そういう男だった。

それでこの国でのし上がってきたとも言える。

「それに私も少々、今の立場的に勝手に動けないと思っておりましてな。というのも、この少女は能力者です。しかも今年に機関にも所属しました。中々若くして優秀《ゆうしゅう》な少女で、部隊の力を借りないことには難しいと考えていました」

「な、なんと！　それは相当、上手《うま》くやらないと機関と敵対しかねない」

「なに、迷惑《めいわく》はかけないつもりではあるのですが、この国の虎《とら》の子の暗夜之豹を動かすのに個人的な理由では、と思っていたのですよ。現状ですと部隊にも動いてもらわないと誘拐も難しいのですが」

「確かに、それだけで能力者部隊を動かすには……。何か理由付けがあれば私も力になれるのですが」

張林の頭の中はアレッサンドロの言う自分への利益という言葉で満たされており、何とかアレッサンドロの力になりたいと考えていた。

何故《なぜ》なら、今までもこの夫妻の言う通りにしていて損をしたことなど一度もないのだ。

「それが、その少女の通う高校が、今回、法月なる人物の娘の通う高校と同じだったのです」

「おお！　それは素晴《すば》らしい偶然ですね。それならば私の方で何とかこじつけられる可能性があります。今回の案件は巨額《きょがく》の利権が関っていますので、上層部も目を瞑《つぶ》るでしょう」

「よろしくお願いできますかな。もちろん、これは我々のために、です」

「もちろんです！　それで……その利益とは如何《いか》ほどのものになるでしょう？」

「フフフ、林殿も気が早い。ですが、あなたの国家主席の地位はお約束できる、ぐらいです。林殿に受けた恩を考えれば、ささやかなものですかな？」

「なっ！　と、とんでもない！　後は私にお任せください。伯爵には自由な裁量をお約束します」

「おお、心強い！」

「ふふふ、なんだか二人とも楽しそうね」

「では、私も忙《いそが》しくなりますので、ここでお暇《いとま》します。伯爵、よろしくお願いします！」

張林は立ち上がると、急ぐように出立しようとするが、気付いたようにアレッサンドロに尋《たず》ねた。

「あ、伯爵。で、その実験に必要という少女の名は？」

「はい、マリオン・ミア・シュリアン……と言います」

張林は質問しておきながら、頷《うなず》くだけでその名に大して関心を示さず、急ぎ足で部屋を後にした。

張林が出ていった部屋の中では、アレッサンドロとロレンツァがお茶を楽しんでいる。

「ふふ、あなた、良かったわね。さっきから楽しそうよ？」

「あの男に目を付けた、私たちの慧眼《けいがん》には驚《おどろ》くばかりだな」

「まあ、自画自賛？」

「ああ、これで裏オルレアンの血に連なる者を捧《ささ》げれば門は開く。スルトの剣《けん》の連中は自己愛と自尊心が強すぎた。もっと周りを利用し、溶《と》け込むことをして周到《しゅうとう》に下地を作ることを怠《おこた》ったのだ」

「でも、あなた。実力は折り紙付きのスルトの剣は何者にやられたのでしょう」

「それは、まだ分からん。機関も各国も必死に調査しているとのことだがな。まあ、ガルムなどという身《み》の丈《たけ》に合わない超魔獣《ちょうまじゅう》を操《あやつ》ろうとしたのが奴《やつ》らの失敗よ。おのれの力を際限なく奪《うば》われるだけだ。それでは妖魔《ようま》から得た不死に近い長命の身体も持つまい」

「あの時、ギリギリまで動かなかったのは正解でしたわね。スルトの剣からは矢のような催促《さいそく》でしたものね」

「まあ、そちらもそのうちに何らかの答えが出よう。だが、ミレマーでのスルトの剣のおかげで機関から派遣されたこの裏オルレアンの血筋の少女にたどり着いたとも言える。そういう意味ではあの連中のやったことも無駄《むだ》ではなかったと言えるな」

「ふふふ、まあ、冷たい。でも、誘拐するって簡単に言いますけど難しいのではなくて？　うちの部隊を使ったとしても、この娘は若いとはいえ、ランクAの実力者ですよ」

「心配するな、ロレンツァ、それには私も考えがある」

「あら、何かしら？」

「ククク、燕止水《えんしすい》を使う」

「まあ！　生きておりましたの？　あの『死鳥』が？」

「ああ、片田舎《かたいなか》に身を隠《かく》していた。あの血塗《ちぬ》られた道士は、何の心の変化か、身寄りのない小さな子供たちを集めて細々と暮らしておったわ」

「ふふふ、まあ、おかしい。あの『死鳥』が心を持ったと言うのかしら？　それとも今更《いまさら》、罪滅《つみほろ》ぼし？　本当におかしい。でも、この依頼《いらい》は引き受けてくださるかしら」

「そうではない、ロレンツァ。引き受けざるを得ないのだよ。奴は……随分《ずいぶん》と子供たちが大事そうだったのでね、ククク……」

「まあ、怖《こわ》いお方。林さんの依頼の方はどうなさるの？」

「それはお前に任せる」

「あら、私に丸投げかしら」

「まあ、そう言うな。お前の呪《のろ》いなら、わけもないことだろう？」

「ふふ、心外な言いよう。呪うも呪われるも、この世界の日常。別に難しいことでもありません。すべての人が呪い呪われて生きているのを、私はちょっといじるだけのこと」

「そうだったな、ククク……」

そう言うと、夫妻は目尻を垂らし、張林も見たことのない邪悪《じゃあく》な表情で笑い合った。

第1章　変わる日常

日本で有数のお嬢様《じょうさま》学校である聖清女学院《せいせいじょがくいん》。

数々の名家、資産家の子女たちが通うことで知られている女子高等学校であり、今年度から新一年生として瑞穂《みずほ》とマリオンが在校している学校でもある。

最後の授業が終了《しゅうりょう》しクラス内は和《なご》やかな雰囲気で各所から乙女《おとめ》たちの談笑《だんしょう》が聞こえてくる。この辺は超お嬢様たちであっても普通の女子高生たちと何ら変わりはない。

瑞穂は部活動や委員会に参加していない。授業が終わるや、いつも通りに下校の準備を始める。実は最近、ある少年と連絡《れんらく》が取れておらず心は無意識下で寂《さび》しさを感じていたが、今まで経験のない感覚であったために原因が分からずどうにもすっきりしない毎日だった。

（今、何をしているのかしら……あれから連絡はないし。まあ、別に用がある訳じゃないから連絡することもないんだけど。何か用事があれば電話でもして……）

と思ったところで、瑞穂はハッとしたように首を振《ふ》る。何もないのに無理に用事を考えるなんてどうかしている、とカバンを机の上に若干《じゃっかん》、荒々《あらあら》しく置いた。

「四天寺《してんじ》さん、よろしいかしら」

この時、声を掛《か》けられて何故《なぜ》か慌《あわ》てて瑞穂が顔を上げる。

「はい、秋子《あきこ》さん、何かしら……って、どうしたの⁉ 秋子さん、顔色が悪いわよ⁉」

瑞穂に話し掛けてきたのはクラスメイトの法月《ほうづき》秋子だった。

ところがその秋子の顔は誰が見ても明らかなほど青白く普通ではない。いつも元気で血色の良い秋子の姿からはあまりにかけ離れていた。秋子は天真爛漫《てんしんらんまん》な性格で瑞穂もそのことを好意的に捉《とら》えておりクラスの中では比較的《ひかくてき》仲良くしていた人物だった。

「ああ、そうですか、実は、はい……ちょっと先程《さきほど》から体の調子が悪くて」

「顔が真っ青……すぐに病院へ行かないと！」

「はい……そのつもりなのですが、この後、大事な会議がありまして生徒会のメンバーは全員出席なのです。それで代役を四天寺さんに頼めないかと」

「そ、そんなことを言っている場合じゃ……え？　代役？　生徒会の⁉」

瑞穂はお嬢様学校ではめったに聞けない反応を思わずしてしまう。

というのも、入学試験で優秀な成績であった瑞穂は入学当時から生徒会への参加を熱心に誘《さそ》われていた。だが瑞穂はこれを何度も断っている。

理由としては、もちろん隠しているが自分が能力者であり、いつ何時に世界能力者機関からの依頼や四天寺家への直接の依頼が来るのか分からないからだ。それでは、役割を全《まっと》うすることは出来ない。

また、聖清女学院の生徒会はこの学校において非常に力のある組織であった。

それは生徒の自治を強く推進している聖清女学院の校風にも起因しており、当然それに応じて責任も重い。そういうことからも瑞穂は断っていた。

さらにもう一つ。瑞穂が生徒会からの勧誘《かんゆう》を固辞し続けた理由がある。

それは苦手なのだ。生徒会の面々が。特に生徒会長。

初めて生徒会室に呼ばれた時、瑞穂はその生徒会長と会い、すぐに帰りたいと思った。

超が付くお嬢様生徒会長はそこにいるだけで周囲にお花畑が見えるという錯覚を覚えるほど、一片《いっぺん》の穢《けが》れもない性格をしているのだ。

これがどうにも瑞穂は苦手だった。ただでさえ人付き合いが上手ではない瑞穂は、このお嬢様生徒会長の横にいるのは苦行そのものだった。

ところが瑞穂は生徒会長にえらく気に入られてしまい、今でも勧誘が続いている。正直に言えば、瑞穂は生徒会から逃《に》げ回《まわ》っており、できる限り関わりたくはない。

「いや、それは私でなくても……」

「いえ、生徒会の準メンバーの四天寺さんが適任かと思いまして」

「で、でも……え？　準メンバー？」

するとと秋子はフラッと身体《からだ》をよろけさせ、瑞穂は咄嗟《とっさ》に秋子を支えた。

「秋子さん！　す、凄《すご》い熱だわ。とにかくすぐに保健室へ。先生には私が伝えておきます。

秋子さん、今日のお迎《むか》えは？」

「はい……生徒会の用事を終えて、と伝えてありますので、二時間後ぐらいには」

「そう、ご実家にも連絡が必要ね。マリオン！　ちょっと手伝ってもらえる？」

瑞穂が血相を変えてマリオンを呼び、秋子の様子が変だと気づいたマリオンがすぐに肩《かた》
を貸す。

「秋子さん、大丈夫《だいじょうぶ》ですか⁉　瑞穂さん、私が保健室へ連れて行きますので瑞穂さんは先
生に連絡を」

「分かったわ」

教室内のクラスメイトたちも秋子の異変に気付いて騒然《そうぜん》となる。皆《みな》、一様にお嬢様育ち
であることから、どうしていいものかとオロオロしてしまっていた。

瑞穂とマリオンはすぐに行動し、マリオンは秋子を保健室に連れていった。

瑞穂は秋子の件を先生方に伝えて実家への連絡等の対応を任せると生徒会室に姿を現し

た。

「失礼いたします」

瑞穂が生徒会室に入ると一斉《いっせい》に忙しそうにしていた生徒会メンバーたちがその手を止めて瑞穂に集中した。

生徒会室の内装は絨毯《じゅうたん》で敷《し》きつめられており、歩くと自分の身体がふわふわ浮《う》いているような感覚を覚える。また、部屋中央に設置されているテーブルや椅子《いす》は、見る人が見れば随分と高価なものだとすぐに分かるものだった。

生徒会長の榮倉昌子《えいくらまさこ》は瑞穂が中に入ってきたのを見ると目を丸くして豪奢な椅子から立ち上がった。

「まあ、まあ、まあ！　四天寺さん！　ついに生徒会にご参加くださる、ご決心を！」

「あ、そうではなくてですね」

興奮した昌子は瑞穂の両手を握《にぎ》り、顔をおでこが付きそうなくらいに近づけてきたので、瑞穂は自然と体を後ろに反らしてしまう。

「わたくしは待っていたのです！　ああ、今日は何て素晴らしい日でしょう！　それはまるで、枯《か》れ果《は》てた荒野《こうや》に蝶《ちょう》が舞い降りてきた気分ですわ！」

「か、会長、枯れ果てた荒野に蝶は住んでいませんから」

瑞穂は、この超純粋培養《ちようじゆんすいばいよう》されたお嬢様の昌子がどうも苦手で仕方がない。

昌子は瑞穂のツッコミなど耳に入らぬといった様子で、放っておくと一緒《いつしよ》にワルツを踊《おど》らされそうだと瑞穂は距離《きより》をすぐにとり、秋子の容態やその代役で来たことを伝えた。

「ほ、法月さんが？　なんとお労《いたわ》しい……」

話を聞くと、途端《とたん》に昌子は世の終わりのような表情になり体をよろけさせる。

「「「「会長！　お気を確かに！」」」」

一斉に生徒会メンバーが駆け寄り、昌子を支えて励《はげ》ましの言葉を投げかける。

ようやく落ち着いた昌子はハンカチを片手に涙《なみだ》を拭《ぬぐ》いつつ顔を上げる。

「ああ、皆さん、申し訳ありません。こんな時こそ会長の私がしっかりしないといけませんね。そうです、法月さんの分まで私が頑張《がんば》りますわ！　皆さん、後で一緒に法月さんの見舞《みま》いに参りましょう！　ああ、お見舞いの品は何がよろしいかしら」

「あ、会長！　法月さんは羊羹《ようかん》がお好きでしたわ！」

「まあ！　では寅屋《とらや》の羊羹をご用意いたしましょう！　それとどら焼きも美味《おい》しいですわ。それらを詰《つ》め合《あ》わせてお持ちしましょう」

「「「「はい！」」」」

瑞穂は脱力《だつりよく》し、この状況《じようきよう》を見つめてボソッと独り言を言う。

「だから苦手なのよ……ここは」

その後、瑞穂は秋子が言っていた重要な会議に代理で参加することが了承《りょうしょう》され、生徒会メンバーと共に理事長室の隣にある会議室へ向かった。

「会長、本日の重要な会議というのはなんでしょうか？　どのような議題なんですか？」

秋子の代理であり、正直、ただ参加するだけになるだろうと思いながらも瑞穂は昌子に尋ねた。すると途端に昌子の顔が引《ひ》き締《し》まった。

「四天寺さん、今日の会議はとてもとても重要な案件を話し合います。それは、この聖清女学院の今後を左右しかねないものです」

昌子の真剣《しんけん》な顔に相当な重要議題だと言う雰囲気が瑞穂に伝わってきた。

「それは……私のような者が参加してよろしいのでしょうか？」

「はい、四天寺さんは法月さんの代理とはいえ、生徒会のメンバーでもありますから当然です」

いつの間にかメンバーにされていた瑞穂は顔を引き攣《つ》らせる。

「ですが、内容はご内密にお願いします。今日、話し合う議題というのは……」

「はい」

瑞穂は緊張《きんちょう》気味に返事をしつつ、昌子の横顔を見る。

会議室の前に到着し昌子は会議室の扉に手をかけて瑞穂に顔を向けた。

「聖清女学院が将来、共学化するというものですわ」

「ええ⁉」

「「「「お静かに！　四天寺様」」」」

「も、申し訳ありません」

あまりに想像を超《こ》えた話に瑞穂は思わず声を上げてしまい他のメンバーに注意される。

瑞穂たちは誰《だれ》も来ていない会議室に入るとそれぞれが席に着いた。

「ですが、本当なのですか？　そのお話は」

「はい、この名門聖清女学院の取り巻く環境《かんきょう》も色々と変わってきました。それで、今すぐにではありませんが、当学院は真剣に将来の共学化を考えています」

「それは確かに重要案件ですね」

「ですが、当然でありますが、いきなり共学化をしてしまいますと当学院の淑女《しゅくじょ》たる生徒たちも驚き戸惑《とまど》うことは必至です。私も人のことを言えませんが、やはり殿方《とのがた》に免疫《めんえき》がありませんから」

それはそうだろうと瑞穂は思う。これでも周りに比べれば異性に触《ふ》れる機会の多い瑞穂でも戸惑う内容だ。超のつくお嬢様しかいない、この学院の生徒たちでは混乱してしまうのではないか、とすら思う。

「ですので、そのための準備期間を設けるというのが現在の方向性です」

「そこまで話が進んでいるのですか。準備期間というのは一体、どんな準備でしょう」

「それは厳正かつ慎重《しんちょう》に精査して当学院にまず短期間、選ばれた生徒をお招きします。もちろん、学力もあり、当学院の方からの推薦が必須事項《ひっすじこう》ですが」

「選ばれた生徒？　そ、それは、まさか」

「はい、そのまさかですよ、四天寺さん。当学院は短期間ではありますが数名の殿方……男子生徒をお招きして試験的に当学院に通って頂きます。それで当学院への影響《えいきょう》を見ます。これはＯＧの方々や保護者会への根回しも半分ほどは済んでいます」

「だ、男子生徒を……ですか」

「そんなに怖がらなくても大丈夫です、四天寺さん。いえ、正直に言いますと私も怖いです。今も実は手が震《ふる》えてしまっていますから。ですが、この試験的な試みはほぼ決定事項です」

本当に怖いのだろう。昌子は自分の右手を左手で握りしめた。

「ですので特に重要なのは選定方法と選定される殿方の気性《きしょう》だと私は思っておりますわ」

「そうですね。あまり豪気《ごうき》な方ですと皆、怯《おび》えてしまいますし。できれば、大人しくて無害な……大人しくて無害な？　ハッ！　会長！」

「ど、どうされたのですか？　四天寺さん、お顔が真っ赤ですわよ」

「す、すみません。ちょっとお伺《うかが》いしたいことがあります」

瑞穂の剣幕《けんまく》に昌子は気圧《けお》されてしまう。

「な、何ですか？　四天寺さん」

「たとえば……たとえばなのですが、お招きする殿方の人物像として、人が好《よ》くて、無害で、押《お》しが弱く、横に綺麗な乙女がいるのに自分にはどうせ関係ないと思っていて……でも優《やさ》しくて、強くて、一緒にいるとイライラする殿方はどうでしょう⁉」

「最後だけ良く分かりませんが」

「どうでしょうか⁉」

「は、はい、そうですね……最後の以外はよろしいんじゃないでしょうか」

瑞穂の顔が興奮に染まっていく。

鼻息も荒《あら》い。

満面の笑《え》み。

生徒会メンバーは瑞穂の変化に汗《あせ》を流した。

直後、会議室の扉が開き理事長以下の数名の教師が入ってきた。

「皆さん、揃《そろ》っているようでございますね。それでは会議を始めたいと思います」

副学院長は立ち上がり第一声を上げた。

会議の参加者は学院長を始め、副学院長、学年主任が並び、そして、生徒会メンバーとなっている。面子《メンツ》としては聖清女学院のトップが勢ぞろいしていると言って良いだろう。

会議のファシリテーションは副学院長が執《と》り行《おこな》う。もちろん、出席者はすべて女性だ。

学院長以下、教師たちはすべてスーツ姿で静かに座っている。

学院長は白髪の長髪《ちょうはつ》を綺麗にまとめ上げており、年齢《ねんれい》はすでに七十に近いと聞いているが、風貌《ふうぼう》は教育に与《あずか》る学院の長として相応《ふさわ》しい風格と品があり、会議室正面中央に腰《こし》を下ろしていた。

出席者のそれぞれに会議のアジェンダ等が記載《きさい》されている資料が配布され、瑞穂も早速《さっそく》、手元に来た資料に目を通した。

瑞穂は当然知らなかったが共学化会議はすでに数回に渡って実施《じっし》されており、本日の中心的な議題は試験的に招く男子生徒の選定方法となっているようだった。

瑞穂は積極的に参加するつもりはなかったのだが、どうしても聞いておきたいことがあり手を上げる。

「申し訳ありません。よろしいでしょうか」

「はい。あら、あなたは確か四天寺さんでしたね。今日は四天寺さんが出席されているのですね」

新メンバーの瑞穂に副学院長はメガネに手を当てて首を傾《かし》げると生徒会長である榮倉昌子に目で確認《かくにん》をする。

生真面目《きまじめ》を絵に描《か》いたような風貌の副学院長の意を悟《さと》り昌子は頷いた。

「はい、緊急《きんきゅう》の参加にて報告が遅《おく》れて申し訳ありません。本日は生徒会の書記を務めている法月さんが体調不良で参加が難しいことから生徒会準メンバーの四天寺さんに代理の出席をお願いしました。彼女《かのじょ》については資質、能力ともに問題はありません。また、この会議の重大さも伝えております」

昌子の説明に副学院長は頷くと瑞穂に顔を向ける。

「そうですか、分かりました。では、四天寺さん、どのようなご質問でしょうか」

「はい、今回、初めてで分からないことがあり、また急遽《きゅうきょ》の参加で理解不足のところがあるのでお聞きしたいのですが、何故、この聖清女学院に共学化というお話が出てきたのでしょうか」

「ふむ、そうですね。事前に確認していて欲しかったですが、そういう事情でしたら仕方ないですね。では、簡単にではありますが改めてその辺を話しましょう。皆さんも、承知済みのところではありますが確認の意味で聞いてください」

するど説明を始めようとした副学院長に学院長が手を上げて制止した。

「まあ、私から説明しようかね」

学院長がそう言うと副学院長は頭を下げて着席し、学院長は両肘《りょうひじ》をついて口を開いた。

「何故、この上流階級の婦女子を預かり、立派な淑女たちを輩出《はいしゅつ》してきた名門かつ歴史のある聖清女学院が今になって共学化なんてことを考えたか、ということだね？　四天寺さん」

「は、はい」

「ふふ、答えは簡単さね」

学院長が自嘲《じちょう》気味に笑う。しかしそう言われても瑞穂には皆目《かいもく》見当がつかない。

「……人気がないんだよ」

「は？」

「だから、年々、入学希望者が減っているのさ。人気がなくてね」

思わぬ理由に瑞穂も拍子抜《ひょうしぬ》けしてしまう。

出席している幹部教師の面々もため息を吐《つ》き、軽く項垂《うなだ》れたり顔を上方に向けた。

「いくら上流だ、名門だ、歴史だと言ってもね、これだけはどうにもならんのさ。それに歴史のある昔からの資産家もいるが、当然、上流階級の家も栄枯盛衰《えいこせいすい》。いつまでも上流でいられない家もある。もちろん新興の上流家庭の中には名門の聖清女学院の名に憧《あこが》れて入学してくれる方もいるが、そのような家庭は今や少数派になってきている。これでは、いくら名門と言えど対策が必要なのさ」

「はあ……」

「今、上流家庭の教育の流れというものがあってね。まあ、当たり前と言えば当たり前だが、もっと実質的な高等教育や世界の一流大学への留学が主流なのさ。これからの社会は女性の活躍《かつやく》が叫《さけ》ばれているだろう。そうなると、考え方によっては、この聖清女学院に求めるものがない、とも言える」

「え……」

「もちろん、我が校は豊富な寄付金で優秀な教師陣《きょうしじん》を揃えているが、高校以前からインターナショナルスクールに在籍していたり、海外留学をすることでの経験によるタフさや実際に社会に出てからの即戦力《そくせんりょく》となると、中々、ここでは再現は出来ない。むしろ、上流家庭のたしなみや作法を重視し、そのカリキュラムに時間をかけているのが聖清女学院だからね」

「何てリアルな……」

「そうさ、これが社会の潮流、現実というものなのだよ。そして、もっと現実的な理由も二つある」

「そ、それは何でしょうか」

「一つは単純に生徒減少による将来的な資金不足さ。もちろん、今は問題ない。むしろ潤《じゅん》沢《たく》と言えるが……」

　そう言うと学院長は副学院長に目をやる。

「はい、ここ三年の入学者数ですが、毎年三％ずつ減っています」

「というのが、現実さ。この学院は見て分かる通り、運営には多額の資金を使っている。もちろん、この資金は各保護者たちの多額の寄付金によって賄《まかな》っているのは分かるな」

「はい……。ではもう一つの理由は何でしょうか」

「それはな、当校の人気が落ちてきているもう一つの理由さ、分からんか」

「申し訳ありません、ちょっと分からないです」

「ふむ……その辺はあなたも立派な淑女ということだね、良いことだ。立派な聖清女学院の生徒だね」

　学院長がニヤリと笑うが瑞穂はその言っている意味が分からず首を傾げてしまう。

「くく、まあ、簡単さ。異性がいないのが嫌《いや》なのだよ、最近の娘たちは。まったく、上流だ、何だと言っても最近の娘たちは色恋《いろこい》のない学園生活が嫌とみえる」

「え⁉　そ、そんな理由なんです……か？」

「そんなに驚くことでもないだろう。今は貞淑《ていしゅく》だの大和撫子《やまとなでしこ》など求めていないのさ。まったく、私からみりゃ何とも言えんが事実は事実。そして、この学院を継続《けいぞく》させるのに必要な措置《そち》を講じなくてはならないのさ、手遅《ておく》れになる前にな」

「そ、それで共学化の準備を？」

「そうさ。もちろん、この学院の品格を落とすわけにはいかない。将来、共学化して招くのは当然、上流のお坊《ぼっ》ちゃんたちを考えている」

「え⁉　じょ、上流ですか」

瑞穂は上流というところからかけ離《はな》れたある少年の顔が浮かんだ。

「学院長、ということは、今回、試験的に招く幾人《いくにん》かの男子生徒というのは……」

「そりゃ、当然、それなりの家のご子息が良いと考えているね」

何を当たり前のことを、というような学院長の表情。

「今後のこの学院のことを考えて共学化を模索《もさく》するが、誰でも入学を許すわけにはいかないのは当然だろう。共学化を考えてはいるが、まず現在、在学している生徒たちのことを考えるのが最優先事項だ。また、その親御《おやご》さんにもそのように伝えている。私はこの学院の格式まで落とす気はないよ。この格式は学院の拠《よ》って立つところだ、この原則は決して変えんよ」

瑞穂は学院長の話を聞き、先ほど湧《わ》いた淡《あわ》い期待が音を立てて崩《くず》れ去《さ》っていくのが分かる。あの少年と少しの期間でも、同じ学《まな》び舎《や》に通うことを想像して興奮してしまった自分の浅はかさが恥《は》ずかしい。

「まあ、これが大まかな流れだよ。学院の在《あ》り方は変えずに共学化するため、我《わ》が学院に生徒を通わせている家の推薦《すいせん》と紹介《しょうかい》を必須《ひっす》としたのはそのためさ。こらあんた、聞いているのかね？」

学院長は瑞穂が目に見えて落ち込んでいく表情に首を傾げるが、会議の進行を促《うなが》すように副学院長を見ると副学院長は頷いて立ち上がった。

「では、今日の議題です。試験的に招く、男子生徒を具体的にどのように選定するかになります」

こうして何故か一気にやる気をなくした瑞穂を置きざりに聖清女学院の未来をうらなう超重要《ちょうじゅうよう》会議は進んでいった。

その頃《ころ》、体調を崩した法月秋子を保健室に運び、保健室のベッドにしては大きいベッドに寝《ね》かせて、学院に常駐している医師を待つマリオンは怪訝《けげん》そうに、そして深刻そうに秋子の苦しそうな横顔を見ている。

保健室に連れてきた時には気付かなかった。

だが、明らかに調子を崩していく秋子にマリオンは心配になり、励まそうと両手を握った時……僅《わず》かに覚えた不快感と違和感《いわかん》にマリオンは眉根《まゆね》を寄せた。

「これは、この纏《まと》わりつくような薄暗《うすぐら》い波動は一体……まるで私たちエクソシストの〝祝福〟と真逆のような」

マリオンが手に霊力《れいりょく》を集めて秋子の額に手をかざそうとした時、保健室の引き戸が開き、マリオンは手を引っ込めた。

「先生、お願いします！　マリオンさん、ありがとう。ちょっとそこをいいかしら？」

「あ、はい！」

担任教師と医師が保健室に入って来るとマリオンはベッドの横を空けて医師に譲《ゆず》った。

医師はすぐに秋子の脈を測り、容態を確認する。

その後ろではマリオンが柔《やわ》らかな霊力で自身を包み、その目で以《もっ》て秋子を確認している。

今、マリオンは能力者として、そして、エクソシストとして秋子を診《み》ている。

途端にマリオンの顔がみるみる青ざめていく。

（こ、これは、まさか呪術！　秋子さんが何故⁉　いえ、一体、誰が！）

思いもよらない秋子の状況にマリオンはこうしてはいられないと瑞穂を探しに保健室を飛び出して行った。


聖清女学院の今後を決める超重要会議を終えた瑞穂はつまらなそうな顔で廊下《ろうか》を歩いていた。会議の内容などは半分も覚えていない。というのも途中《とちゅう》から完全に興味を失い、共学化という議題など、どうでも良くなったからだ。

今はマリオンにまかせてしまった秋子の状況を聞いてから帰宅しようと考える。

瑞穂は保健室へ歩を進めながら、多少頭に入って来た会議の内容を思い出した。

「ナイスアイデアだと思ったのに。な〜にが、資産家のご子息よ、最低でも歴史ある名門の出の人がいいって何様なのかしらね。試験的に招くんだから、誰でもいいじゃない！　ちょっと貧乏《びんぼう》で、歴史も何もない家でも……うん？　あいつは千年近く能力者の家系って言っていたような。あ、名門は別にして歴史のある家で攻《せ》めれば⁉」

瑞穂は歩きながらハッと顔を上げる。

「うちの四天寺も相当な額を学院に寄付してるし、うちの推薦があれば、もしや！　これは、お母さまに相談してみて……」

と、いうところまで考えて瑞穂は頭を振った。

何をここまで自分は必死になっているのか。しかも自分は普段《ふだん》、家格を笠《かさ》に着た態度を極度に嫌《きら》っていたではないか。さらには四天寺だからすごいと思われるのも毛嫌いしてきた。

それが今、その四天寺の名を使おうとしている自分がいる。

おかしな話だ。

しかも理由が学校生活である少年とほんのちょっとの時間を共有したい、である。

「お母さまにこんなお願いをするなんて出来ないわ。そうよ、だって推薦する理由がないもの」

一瞬《いっしゅん》、祐人《ひろと》の能天気な顔が瑞穂の脳裏《のうり》に浮かんだ。

イラッ。

瑞穂の額に血管が浮き出る。

こちらはこんなに行動を起こしているのに、その少年からはメールが一回きり来ただけで何も連絡がなかった。

確かに機関の仕事でしか一緒にいられない間柄《あいだがら》ではある。

でも、もう少し連絡をくれてもいいのではないか。

因《ちな》みにその祐人は、前回、瑞穂とマリオンが説教をすると伝えてきたメールに怯えて、連絡をしたくても怖くてできてなかったりする。

「はあ～」

廊下を歩きながら瑞穂らしからぬため息が漏《も》れる。常に勝ち気で自信に満《み》ち溢《あふ》れた瑞穂だったが、今はその面影《おもかげ》すら見えない。

「取りあえず秋子さんの様子を聞いたら帰ろ。そうね、これはマリオンに相談でも……」

突然《とつぜん》、瑞穂は顔を顰《しか》めた。

瑞穂にとってもう親友と呼んでいい間柄のマリオンだが、祐人の件についてだけは協力しあう間柄ではないのでは、と見知らぬ感情が湧きあがったのだ。

自分でも初めての不思議な感覚だ。

しかし、瑞穂は物事に対してそれらしい理由付けをすることやネゴシエーションが性格的に苦手であった。その点ではマリオンのほうが上手《うま》い。マリオンは人見知りなのだが、いや、人見知りであるが故《ゆえ》にそういったことが上手くなったのかもしれない。

「やっぱりマリオンに相談してみようかしら」

瑞穂はなんとなしにスマホを取り出すとそのマリオンから着信とメールが来ていた。会議のためにサイレントモードにしていたのを忘れていたために気づくのが遅れてしまった。

秋子の件だと直感した瑞穂はすぐにメールを開き確認する。

〝会議が終わったらすぐに連絡をください。秋子さんのことで話したいことがあります〟

メールの文面に瑞穂は眉《まゆ》を寄せた。

秋子の容態が芳《かんば》しくないのかと心配になり、すぐにマリオンのスマホへ連絡をとる。

校内で生徒同士の通話は禁止されているが、マリオンのメールの内容が気になり、瑞穂は構わず電話をかけた。その足は速度を上げ、保健室の方へ向かう。

〝あ、瑞穂さん〟

「どうしたの、マリオン。秋子さんの容態は？」

〝はい、秋子さんは保健室に運んだ後、すぐに病院の方に行きました。意識はありましたが秋子さん、相当に辛《つら》そうでした〟

「そう……大事がなければいいんだけど」

〝実は、そのことで瑞穂さんに話したいことが……〟

瑞穂はマリオンから告げられた内容に驚き、足を止める。

「それは本当!? ええ、分かったわ、すぐにそっちに行くわね！」

そして、瑞穂はマリオンがいるという校内の内庭のベンチへ向かうために体を翻《ひるがえ》した。

聖清女学院の敷地《しきち》は広い。敷地内はすべて綺麗《きれい》に区画され、整備されている。

校舎は広大な敷地内に贅沢《ぜいたく》に点在していて、それらを繋《つな》ぐ道の周囲は庭師によって整えられた庭園が広がっている。

瑞穂はマリオンに指示された場所に向かいベンチに座《すわ》っているマリオンを見つけた。

下校時間になるとまったく人気のない場所である。

「マリオン！」

「あ、瑞穂さん！」

瑞穂が到着《とうちゃく》するとマリオンはベンチから立ち上がった。

「どういうことなの⁉　秋子さんに呪詛《じゅそ》の可能性があるって」

「分かりません。ですが、あれは何らかの呪詛、もしくは呪《のろ》いのようなもので間違《まちが》いないと思います。誰が何の理由でそんなことをしているのかまでは分かりませんが……」

「じゃあ、秋子さんの体調が悪いのも」

「はい、それが原因と考えていいと思います。ただ、私も呪詛や呪いについてそこまで詳《くわ》しいわけではないです。憑《つ》きものの類《たぐい》でしたら私の得意分野なのですが、今回は偶然《ぐうぜん》、秋子さんに直接触《ふ》れることができたので違和感を覚えて確かめられました。呪詛や呪いの方法は多岐《たき》に亘《わた》っていて、しかもそれぞれに、その中身が違《ちが》います。正直、この道のプロでもなければ、解呪どころかその方法すら分からないです」

「確かに。私に至っては学んだことも見た経験もないわ」

「私も書物で学んだ程度ですが、呪詛や呪いのほとんどはそれを仕掛《しか》けた本人や呪詛を発動させた呪術道具を何とかしないといけないことが多いと言われています。つまり、この呪詛を辿《たど》って、その本丸まで行きつく能力が必要です」

「それは……厄介《やっかい》ね」

マリオンはエクソシストだ。その修業《しゅぎょう》の過程でマリオンには加護が備わっており呪詛や呪いに対する耐性《たいせい》は強い。そして、得意分野は魔の調伏と祓《はら》い、その浄化《じょうか》である。

瑞穂は精霊《せいれい》と契約《けいやく》していることで呪詛耐性がある。そのため精霊使いにとって呪詛に対《たい》抗《こう》するための修業はなかった。

「会議に出席している瑞穂さんとすぐに連絡が取れなかったので、保健室に戻《もど》り病院に運ばれる前に秋子さんにエクソシストの祝福をかけました。これで少しは呪詛を和《やわ》らげることは出来ると思いますが、根本的な処置にはなっていません」

マリオンは秋子のことを思い、心配そうな表情をする。

「瑞穂さん、どうしたらいいでしょうか？」

そのマリオンの問いに瑞穂は難しそうに腕《うで》を組んだ。

「まず、背景が分からないわ。ここは裕福《ゆうふく》な上流層が通う学院、周りから妬《ねた》まれたりすることもあるとは思う。でもその呪詛をかけた人間の素性《すじょう》も、素人《しろうと》なのか、能力者なのか、または依頼《いらい》を受けた能力者なのかも分からない。下手に動けば、こちらが能力者だと知られるリスクもある」

「はい……」

「この場合、法月家がその手のプロに依頼をして、というのが本筋なのだけど。迂闊《うかつ》に能力者機関を私たちが紹介するというのも……ね」

「そうですよね。私たちが能力者であることが知られてしまう可能性もあります」

「友人の危機だから何とかしたいし、私たちだけで人知れず処理できるならすぐにでもするんだけど、呪詛や呪いとなるとその道の専門でないとね」

瑞穂とマリオンの間に重々しい沈黙《ちんもく》が起きる。

本当は当然、クラスメイトの秋子を救いたい。だが、軽率《けいそつ》な行動で自分たちが能力者であることを知られるわけにはいかない。そこには機関の誇《ほこ》る、そして責任あるランクAとしてはなんとも悩《なや》ましい立場があった。

こんな時……どうしたらいいものか、と考える。

このような難しい問題に直面した時……。

すると二人の少女の頭に一人の少年の顔が浮かぶ。

瑞穂とマリオンは同時に互《たが》いの目を見た。

「祐人なら！」

「祐人さんなら！」

瑞穂とマリオンは大きく頷《うなず》く。

「やっぱり、クラスメイトを放ってはおけないわ！　祐人も専門ではないと思うけど何か考えを出してくれるかもしれない」

「そうですね！　相談してみましょう。何か、ヒントでも得られれば、私たちだけで何とかできるかもしれません」

瑞穂とマリオンはすぐにスマホを取り出した。

すると、スマホを持った二人はお互いのそのスマホを持った姿を見て……固まる。

「マリオン、私が電話をするからいいわよ」

「いえ、私が祐人さんに電話するので瑞穂さんこそいいですよ」

しばしの見つめ合い。

すぐに電話をかけ始める二人。

結果、マリオンの電話が繋がり瑞穂のスマホからは話し中の電子音が聞こえてくる。

ニコッとマリオンは笑い、悔《くや》しがる瑞穂。

そして、マリオンの携帯から祐人の声が発声された。


祐人は一悟《いちご》と草むしりを終えた後、お助け係の仕事で図書室の本棚《ほんだな》の整理を手伝い、ようやく下校をしていた。家までは電車に乗れば二駅ほどの距離だが祐人は電車賃節約のために歩いて帰っている。

祐人は夕暮れから夜に変わろうとしている空を眺《なが》めた。

「『草むしりの人』の称号《しょうごう》を返上しようとしたら『虫取り網《あみ》の人』って呼ばれるようになったよ……一体、何が悪かったんだろう？」

これを静香《しずか》あたりが聞いたら頭痛がしていただろう。

「あーあ、まったく分からないよ。一悟も最近、元気がないしなぁ」

今日、一緒に草むしりをしていた一悟は、横でブツブツと一人文句を言っていた。

「巨乳好きは認められたのに何でＢＬが外れねーんだよ。アホなのか？　この学校の連中は！　しかし、このＢＬの呪いはどうしたら解けるんだよ、ったく！」

一悟の独り言を思いだして、祐人は残念な人を憐《あわ》れむようにフッと笑う。

「アホなのは一悟だろうが……。それに気付かないところが、アホの真骨頂といったところなんだよな」

この上から目線の祐人の発言を聞いたら静香あたりは憤激《ふんげき》したことだろう。「お前が言うな！」と。

「まあ、アホ（一悟のこと）のことはいいや。それよりも、そろそろ生活費も心もとないし、バイトの時間を増やそうかな。機関からの依頼も来ないし……え⁉」

祐人のスマホが鳴った。普段、中々鳴らないスマホに祐人は驚《おどろ》き、でも、どこか嬉《うれ》しそうにその機能を果たしてくれたスマホの画面を覗《のぞ》く。

そこにはマリオンの名前が表示されていた。

「げ！」

と、思わず声が出る祐人。

というのも以前のメールで大説教をすると送って来た張本人の一人なのだ。

そのため祐人はそれからマリオンたちと連絡《れんらく》を取っていなかった。

説教をされる覚えはないのだが、祐人はこういったことがよくある身だ。知らぬ間に怒《おこ》らせていたのかもしれない。

それですぐに連絡を返そうと思っていたのだが、中々勇気が出ずに、数日が経《た》ってしまった。つまり、見事に問題の先送りをした祐人だった。

だが、さすがに電話を無視するわけにもいかないので、祐人は恐《おそ》る恐る電話に出る。

「あ、もしもし、マリオンさん、ど、どうしたのかな？」

〝あ、もしもし、祐人さん？　今、大丈夫《だいじょうぶ》ですか？〟

「うん、大丈夫だよ」

〝実はアドバイスを頂きたいことがあって〟

「え？　アドバイス？」

〝はい〟

内容が説教ではないと分かり、心底ホッとする祐人。

さらにはこの時、祐人は電話で女の子から相談を受ける、というこの初のシチュエーションに気恥《きは》ずかしく感じつつも、ちょっと嬉しくなってしまう。

（こんな憧れの日常が僕《ぼく》にもついに！　ちょっと感動だよ）

「うん！　どうしたの？　何でも聞いて」

〝祐人さん、さっき「げ！」って言いませんでした？〟

「い、言ってないよ！　何にも！」

〝そうですか……ならいいんですけど〟

(茉莉《まつり》ちゃんもそうだけど何なの⁉　女の子は何かすごい能力が標準装備されているの⁉)

祐人は電話に出る前の行動も見えているのかと冷や汗《ひ》を流し、周りをキョロキョロしながらマリオンの話す内容を聞いた。

すると……徐々《じょじょ》に祐人の顔が真剣なものに変わっていく。

「……呪い」

祐人はマリオンの言葉に耳を傾《かたむ》けた。

「はい、そうです。祐人さんはどう思いますか？　私たちは何とかしたいと思ってるんです」

瑞穂は腕を組んで、片足でタップしながら電話をするマリオンの横に立っていた。とても、お嬢様《じょうさま》のすることではないが、祐人が何を話すか気になって仕方がない。

すると、「あっ」と瑞穂が気づいたようにマリオンに合図を送った。

マリオンは瑞穂が騒《さわ》がしいので目を向けると瑞穂がスマホをスピーカーモードにするようにと言っているのが分かり、渋々《しぶしぶ》そのようにする。

マリオンのスマホのスピーカーから祐人の声が発せられた。

〝まず、呪いなんだけど僕にもその成り立ちや種類について詳しいことは分からない。呪《じゅ》術師《じゅつし》の能力者は元々少ないし、マリオンさんたちが呪術について詳しくないのは当たり前だよ。むしろ、よく気付いたと思う〟

瑞穂とマリオンは祐人の言葉に落胆《らくたん》する。何か少しでも自分たちにできることが見つかればと思ったのだが、さすがに祐人も知らないことをアドバイスはできないだろう。

〝だから、どこまで的を射たアドバイスができるかと言われると自信がないんだけど〟

だが、続いて出てきた祐人の言いように瑞穂とマリオンは顔を見合わせる。

「ちょっと待ってください。祐人さんは呪術師と遭遇《そうぐう》したことがあるんですか？」

〝……あるよ〟

「！」

瑞穂とマリオンは驚く。

一体、どこで……いや、前回、共にミレマーで仕事をした時もそうだったが、この少年の経験値の高さはどこから来るものなのか。

二人の少女は祐人の過去が気になるが、何故《なぜ》かこのことはこちらから聞いてはならないものに感じられた。それは聞いてはいけないことを聞いて、その後に来る気まずさを対処できないように思うのだ。

それと、このようにも思う。

マリオンはいつか祐人の口から語られる日を待とうと。
瑞穂はいつか聞いても良い関係を作ろうと。
そして、その日が来た時、お互いの関係に大きな変化がある時だとも思う。
〃マリオンさん？〃
「あ、すみません、祐人さん。続けてください」
〃うん。呪いや呪詛に関してはほとんどの場合、共通のことが言えるんだ〃
「何？　祐人、言ってみて」
〃うん？　あれ？　瑞穂さん？　瑞穂さんに代わったの？〃
「違うわよ、スマホの音声をスピーカーに変えたの。だから、私にも聞こえているのよ」
〃へー、そんな機能が……。スマホってすごいね！〃
「いいから、話を続けなさい。共通のことって何？」
〃あ、うん。一番知りたいのは呪いの解除だと思うんだけど、それはほとんどの場合、呪いの大元を抑《おさ》えないと無理なことが多いんだ。だから、呪いはすごい厄介なんだよ〃
「大元……」
〃そう。呪術師自体を見つけて倒《たお》すこと、もしくは、今回の呪いに使った呪術の祭具の破《は》壊《かい》や呪術に使った生贄《いけにえ》等の浄化だね。これが最も解呪できる可能性が高いよ〃

〝ただ、さっきも言ったけど呪術師は特殊《とくしゅ》な能力者たちで数は多くない。だから謎《なぞ》も多いんだ。呪力を発揮するための術式や手順が一定しておらず、個々の能力者でオリジナルの術になっている不可思議な能力者たちだ。それとすべてではないけど術者がリスクを負えば負うほど、その呪力が増す傾向《けいこう》もある。命まで奪《うば》うような強力な呪いは滅多《めった》にないけど、放っておけば永遠に続く〟

「永遠⁉ ……最悪ね」

「じゃあ、私たちがクラスメイトを救うには、どうすればいいんでしょう？　こちらも呪術の専門家を雇《やと》えばいいんでしょうか？」

〝そこなんだけど……それが最も呪術が厄介なところなんだ。実はね、こちらも呪術に詳しい、まあ、呪術師でもいいんだけど、そういう人を呼ぶだけじゃ解決はしないんだよ〟

「何でよ？　相手の呪術師の呪術を解析《かいせき》すれば対処方法も分かるんじゃないの？」

〝そうだね、それもありだけど、それだと解析して対処方法が分かるだけなんだ。つまり、相手が送ってきている呪詛や呪いはなくならない。それは毒を飲みながらそれに効く薬を飲み続けるようなものなんだ。そして、対処方法は簡単なものではないことも多くて呪われた人にとって大きな負担になることもある。まるで、効果はあるけどその薬の大きな副

「……ふむ」

作用に耐《た》えながら暮らしていくようなものになってしまう〟

「そんな、じゃあ、秋子さんは」

「なんてこと！　何なのよ、それは！」

祐人の話を聞き、起きた事象の深刻さが瑞穂とマリオンにも理解できるようになってきた。秋子は善良で天真爛漫《てんしんらんまん》な世間知らずのお嬢様だ。とても人から恨《うら》みを買うような人間ではない。一体、彼女を呪うのに何の理由があるというのか。

瑞穂のような直情的な正義感を持つ少女にとって呪詛や呪いは最も忌《い》むべきことのように感じられる。

「何か手はないの、祐人！　彼女は……秋子は、こんなわけの分からない呪いで苦しむような子じゃないわ。普通《ふつう》の、ごく普通の女の子なのよ」

〝瑞穂さん……ごめん、今すぐに解決するという意味では手はないんだ〟

「そんな……」

マリオンから力のない声が漏れる。

瑞穂はやるせない気持ちで拳《こぶし》を握《にぎ》った。

その空気が祐人にも伝わってくる。

冷静に事実を伝えている祐人もこの呪詛、呪いというものを嫌っている人間だ。ましてや、被害者《ひがいしゃ》がクラスメイトである瑞穂とマリオンのショックは相当のものだと思う。

〝だから、大元を見つけて叩《たた》くしかない。諦《あきら》めないで、瑞穂さん、マリオンさん。どんな奴《やつ》か分からないけどそいつを探しだすしかない〟

祐人の言葉に二人は顔を上げる。心なしか祐人の声も怒気《どき》を孕《はら》んでいる。

「はい！」

「そうね！　諦めるなんてありえないわ」

瑞穂とマリオンもここで何もしない、という選択肢《せんたくし》などなかった。

やはり祐人に相談して良かったとも考える。

「とにかく、今回の呪術師を探すことが先決ね、祐人」

〝うん、呪術師対策は実は情報収集が重要なんだ。その集めた情報から相手を推測して突《つ》き詰《つ》めていくしかないよ〟

「情報収集ですか」

〝そう。些細《ささい》な事でもいいから、本人の周りや人間関係を洗うんだよ。そういう意味では能力者が必要というわけでもない。情報からの割り出しが重要なんだ。こちらも呪術師を雇うのであれば、その役割は取りあえず現状が悪化しないための対処方法の割り出しと呪術の種類を知ることで相手を絞《しぼ》る情報源にすること。他《ほか》に能力者として使えるのは霊視《れいし》が

できる能力者や占星術師《せんせいじゅつし》による情報収集だけど、相手がカウンターを仕掛けている可能性も考慮《こうりょ》しなければならない〝

「カウンター？　それは何？　祐人」

〝呪術師のほとんどは戦闘力《せんとうりょく》のない能力者が多い。だから、自分を探《さぐ》られないように霊視や占星術がかけられた場合、自動的に精神攻撃《こうげき》、もしくは呪詛がカウンター発動されるようにしているのがデフォルトだよ。まあ、それすらも情報にすることもできなくもないけどリスクがあるね。とにかく、どんな能力者を雇うにしても相手を特定するための行動が必要だと思う〝

瑞穂とマリオンは祐人の話を聞き、ようやく自分のできること、またはこれからする行動指針をもつことが出来た。

二人は機関に所属する能力者だ。そして、機関では機関の理念に反しない限り能力者の自営も認めている。その意味ではプロの職人という側面もある。

本来は依頼を受け、仕事を果たし、報酬《ほうしゅう》をもらうことが当たり前である。それに拘《こだわ》ることは悪い事でない。というよりも、そちらが本筋だ。

特に瑞穂は四天寺家という能力者の名家の人間として、そういう教育も受けていた。能力者と言ってもヒーローというわけではないのだ。

だが、今回は友人である秋子が苦しんでいる。

以前の瑞穂であれば友人を救うということでも能力者としてのプロ意識が邪魔《じゃま》をして、決断をするまで時間を要しただろう。

ところが今の瑞穂はすぐに決断できた。

それはミレマーで何の得にもならないことを、ある少年が自分の心のままに即座《そくざ》に行動を起こしたのを見たことが大きいのかもしれない。

瑞穂はあることを決意した。

「なるほど、分かったわ！　祐人」

〝うん、あまり役に立てないかもしれないけど言ってくれれば僕も協力するから〟

「何を言っているの？　あなたもここに来て私たちとこの呪術師を特定するのよ」

〝は？〟

「え？」

祐人だけではなくマリオンも瑞穂の言っていることがすぐには頭に入って来なかった。

「あなたの話を聞いていれば、今回の呪術師を特定するには機関の試験で言えば勘《かん》と判断力が優《すぐ》れたものがいいわけよね？」

〝ま、まあ、そうかな？　でも、そういう問題じゃなくて……〟

「あなたの勘と判断力の成績は？」

〝あ……Aだったけど、だからそういうことじゃなくて〟

「だからあなたを雇うわ、私が。だから、あなたはこの学校に通うのよ！」

〝はーん⁉〟

「えぇ――――‼」

〝ちょっ！　瑞穂さん、何を言ってるの⁉　さすがに転校なんて無理だよ！〟

「そうですよ！　瑞穂さん、無茶《むちゃ》ですよ！」

「大丈夫《だいじょうぶ》、私に秘策ありだわ！　数週間だけどあなたをこの学院に編入させるわ」

〝い――――‼　み、瑞穂さんたちの学校って、どこだか知らないけど女子高でしょう⁉　出来るわけが……〟

「いえ、するわ！」

〝んな、無茶な！〟

「で、でも、どうやってそんなことするんですか？　瑞穂さん」

電話口で瑞穂の乱心としか思えない提案に呆然《ぼうぜん》としている祐人。

「ふふふ、私に任せなさい。それに祐人」

〝な、何？〟

「あなた、生活費、足りているのかしら？　今回の報酬は……いいわよ？」

〝なな！〟

瑞穂の悪魔《あくま》のささやきのような言葉に祐人はグラッと来たが自分を必死に立て直す。祐人も男として、友人の、しかも女の子からお金をもらうのは仕事とはいえ気が引ける。

〝い、いや、駄目《だめ》だ。ぼ、僕だって男だよ？　いくら依頼を出すからって、友達のことで困っている瑞穂さんからお金なんて。僕は外から無償《むしょう》で協力するから！〟

「そんな小さなプライドは捨てなさい、祐人！　そんなことを言っているから生活力がないのよ！　あなた、将来はどうするつもり？　そんなんで家庭なんて持てるの？」

〝ぐは！〟

祐人の気にしていることの、ど真ん中を瑞穂の言葉の銃弾《じゅうだん》が撃《う》ち抜《ぬ》き、両膝《りょうひざ》を折る祐人。

（薄々《うすうす》、いや、気付いてはいたけど！）

〝い、いや、僕だっていつか！　貧乏にも強い優《やさ》しい子を探して……〟

何とか言い返すが最後の方は尻《しり》すぼみする祐人の声色《こわいろ》。

「馬鹿《ばか》ね！　そんな女性なんているわけないでしょう！　そもそも最初から苦労をかける前提の男ってどんな奴よ！」

〝ゲフ！〟

片手も地に付く祐人。

「祐人さん、大丈夫です！　私は貧乏でも平気です。それにお金なら自分で稼《かせ》ぎますから！」

〝ブ！〟

マリオンが優しさで口走った言葉がむしろ祐人の胸をえぐる。

「マリオン！　そういうのがダメ男を育てるのよ！」

〝ダ、ダメ男〟

「祐人、因みにいうけど私の貯金は——」

祐人の目が見開く。

ちょっと涙目《なみだめ》。

何という……格差社会。

「マリオンはいくら持ってるの？」

「え？　あ、あの、私は、別に……」

「正直に言うの！」

「は、はい！　私は——」

〝ええ——!!〟

「分かった？　祐人。あなたの同期、私たちの実力を！」

〝……はい〟

祐人は前が滲《にじ》んで見えない。

「もう一度言うわ。あなたを雇うわ、分かった？」

〝はい……雇って下さい〟

大きく頷いた瑞穂はちょっと笑う。

「じゃあ、連絡を待ちなさい。それとね、祐人」

〝はいです〟

「お金がないことを気にすることないわ。それであなたの格が落ちるわけじゃないわよ？

ただ、だからと言って現実を見ないのも駄目よ」

瑞穂の意外な優しい声色。

「だから、しっかり働いてくれればいいの。祐人なら出来るんだから！」

〝うん、頑張《がんば》ります〟

何となく祐人が涙を拭《ふ》いているのが分かる。

「よし！　じゃあ、お願いね。報酬は弾《はず》むから！」

そう言うと瑞穂は電話を切った。

すると瑞穂のちょっと微笑《ほほえ》んでいる顔をマリオンは反目で見つめている。

「な、なに？　マリオン」

「瑞穂さんって……」

「何よ」

「厳しいお母さんみたい」

「な！」

固まる瑞穂。

そして、瑞穂の意外な一面を見たマリオンは内心、驚きもし、焦《あせ》りもしたのだった。

因みに電話を切った後の祐人はと言うと……、

「僕はダメ男にはならないぞ！　見てろ——！　未来の僕！」

と、叫《さけ》び、何故か居ても立ってもいられず全力で走りながら帰宅するのだった。

◆

四天寺家は都内某所《ぼうしょ》に居を構えている。

邸内《ていない》には日本庭園が整備され敷地の中央に広大な平屋の日本家屋がある。その屋敷《やしき》の部屋のほぼすべてから庭園が眺められ、日本の四季が感じられる造りになっていた。

その屋敷の外側を囲む縁側《えんがわ》の廊下を瑞穂は緊張《きんちょう》した面持《おもも》ちで歩いている。今、向かっているのは瑞穂の実母である朱音《あかね》が待っている部屋である。

瑞穂はあらかじめ朱音に話があると伝えていたので、問題はどう話を進めていくかだ。

「お母さん、入るわよ」

「瑞穂？　どうぞ」

瑞穂は障子を開けると中で和服姿の女性がお茶をたてていた。その姿は老舗《しにせ》の旅館の女将《おかみ》といった感じで瑞穂と同じ艶《あで》やかな黒髪《くろかみ》をまとめ上げている。

朱音は四十歳《さい》とは思えない若々しい容貌《ようぼう》で見れば瑞穂は母親似であることがすぐに分かるものだった。だが、朱音は瑞穂にはないおっとりとした雰囲気《ふんいき》があり、若干《じゃっかん》、瑞穂よりも目尻《めじり》が下がっているように感じられる。

瑞穂は部屋の中に入り、朱音の前に座ると、絶妙《ぜつみょう》なタイミングで朱音がたてたお茶を瑞穂の前に差し出した。

「瑞穂から話があるというのは珍《めずら》しいわねぇ。どういう風の吹《ふ》きまわしかしら？」

ニコニコ笑いながら朱音は愛娘《まなむすめ》の顔を眺める。

瑞穂は顔を軽く引《ひ》き攣《つ》らせながらお茶に手を伸《の》ばした。

この笑顔《えがお》に騙《だま》されてはいけないのだ。

母はいつもこのように何も知らない顔をしてニコニコしているのだが、その状況把握力《じょうきょうはあくりょく》は驚異的《きょういてき》で、初めて話すことでもまるで以前から知っていたように飲み込みが早く、挙句、最終的には話を先回りするように解決策や意見を言うのだ。

四天寺家の従者の間では密《ひそ》かに四天寺家当主、毅成《たけなり》を差し置いて四天寺家のコントロールタワーと囁《ささや》かれている。

そのため、四天寺家の重要案件はすべて朱音を通して決まると言っても過言ではない。

瑞穂はこの母である朱音のことは尊敬しており、どちらかというと好きなのだが、どうも心を見透《みす》かされているような感覚が苦手だった。

それは歳を追うごとに強くなり、瑞穂は高校生になってからは積極的に朱音に近寄ろうとはしなかった。思春期真っ盛りの少女にとって母から常に心の内を見抜かれているような感覚は気恥ずかしくもあり、受け入れがたいものだったとも言える。

「お母さん」

「いいわよ、どんどんやりなさい」

「お願いがある……は？」

「うん？」

瑞穂は驚いた顔で朱音を見るが朱音は何を驚いているの？　という感じで首を傾《かし》げている。

「ちょっと、お母さん！　私はまだ何も言ってないわよ！」

「うーん？　だってお願いがあるんでしょう？　だから、いいわよって言ったじゃない」

「そ、そうだけど！　まだお願いの内容を話してないって言ってるの！」

瑞穂は思わず前かがみで畳《たたみ》に手を着いた。

「もう、この子は何でこんなに怒りっぽいのかしら。それだと彼氏《かれし》なんてできないわよ。ただでさえ素直《すなお》じゃないのに、男の子は怖《こわ》がってしまうわ。特に同年代の現状受け入れ型の優しい、どこか心に傷を負ったことのある子なら尚更《なおさら》よ。いくら強く頼《たよ》れて、芯《しん》がある子でも、本当は癒《いや》しを欲《ほっ》しているのよ」

「ななな⁉」

言葉を失った瑞穂を朱音は残念な子を見るような顔をして溜《た》め息《いき》をつく。

「これじゃあねぇ。強力なライバルが現れたらジ・エンドね。せっかく可愛《かわい》く生んであげたのに、ちっともそれが生かされてないんだから。まだ、マリオンさんの方が可愛げがあるわよねぇ」

「ちょっと、お母さん！　何の話をしてるのよ！」

「うん？　だから、お願いの話でしょう？　好きな男の子を聖清女学院に試験生として呼びたいっていう」

「ち、違うわよ！」

「あら？　違うの？　このタイミングで私に話があるっていうから、その男の子を学院に呼ぶのに推薦《すいせん》をして欲《ほ》しいっていう話じゃなかったのかしら」

「そ、それは違わないけど」

「違わないんじゃない」

「だから！　そうじゃなくて！」

息を荒《あら》くした瑞穂は朱音と言い争う不毛さを感じ、疲《つか》れた顔で黙《だま》った。

朱音と話すといつも終始このように朱音に主導権を握られるのだ。

瑞穂は一旦《いったん》、深呼吸をすると、諦めたように学院で起きたことの一部始終を伝えた。この母に隠《かく》し事《こと》をしても時間の無駄《むだ》と悟《さと》ったのだ。

友人の法月秋子にかけられた呪詛を発見し、これを何とかしたいと考えていること、そのために協力者として同期の祐人に応援《おうえん》を頼《たの》んだこと、そして、今、学院は将来の共学化の準備のために試験的に男子生徒を招くことを考えており、これを使って祐人を招いて呪詛をかけた人物の特定をするための調査をしやすくさせたいことを説明した。

瑞穂の話を聞き終えた朱音は真剣《しんけん》な顔の瑞穂を見つめて微笑《びしょう》した。

「瑞穂、成長したわね。しかも、随分《ずいぶん》と良い方向に……」

「え？」

「今までのあなただったら、そんなに柔軟《じゅうなん》にものを考えられなかったでしょう。何があったのかは知らないけど、ミレマーから帰って来てのあなたは頑固《がんこ》さが減って視野が広がったようにみえるわ。それに他人を認めることもできるようになったみたい。これもマリオンさんとその堂杜《どうもり》君の影響《えいきょう》かしら？　これは感謝しないと駄目ね」

「ふ、ふん、私だっていつまでも子供じゃないわ」

「まあ、ふふふ」

朱音は嬉しそうに口元を隠し微笑んだ。

「では、瑞穂の好きなようにしなさい。学院への短期編入の件はその堂杜君のことを強く推薦しておきましょう」

瑞穂は朱音の言葉を聞くと安堵《あんど》したように表情を和らげ、嬉しそうに笑顔を見せた。

「まあ、まあ！　あなたも女の子らしい顔になって。これは、今日はお赤飯を炊《た》こうかしら。明良《あきら》はいる？」

「はい、こちらに」

奥《おく》の襖《ふすま》が開き、明良が姿を現す。

「ちょっ！　やめてよ。どういうことよ、お母さん。意味が分からないわ。明良も出てこなくていいわよ！」

瑞穂は慌《あわ》てて朱音を制止し、明良を睨《にら》むと襖は閉じられた。

「あら、そう。で、その子の通う高校はどこなのかしら？　それと家はどんな家なの？　どこの能力者の家系？」

瑞穂は学校のことよりも祐人の家のことまで聞かれるとは思っていなかったので内心、少々、慌てた。祐人から家のことについては秘密にしていて欲しいと言われている。実際、祐人は機関には突然《とつぜん》変異の天然能力者として登録しているのだ。

「え？　えーと、確か、通っているのは蓬萊院吉林高校《ほうらいいんきつりんこうこう》って言っていたわ。調べたけど意外とレベルの高い高校だから、その辺は今回の試験生としての条件はクリアすると思う。家は聞いたところだと、普通の家で本人は天然能力者って言っていたから、詳《くわ》しいことまでは知らないわ。聞く必要もないことだし」

朱音は瑞穂の話を聞き、目を細める。

「吉林高校……ね。ふむ、まあ、確かに全国区のハイレベルな高校ね」

「知ってるの？　お母さん」

「ええ、もちろんよ。私も年頃《としごろ》の娘《むすめ》をどこに進学させるかは考えたことがあるのだから。別に聖清女学院にこだわっていたわけではないのよ。ふーむ、吉林高校……」

「え!?　そうなの？」

瑞穂は朱音の雰囲気が一瞬《いっしゅん》、変わったように感じたが、母である朱音が聖清女学院以外にも自分の進学先を考えていたことを初めて知って驚き、そちらに意識が向かう。

「それで天然能力者。あなたにこれほどの影響を与《あた》えた少年が？　確か堂杜君だったわね。堂杜……どうもり」

「う、うん」

朱音は瑞穂を見つめた。

一瞬の静寂《せいじゃく》と母親からの視線を受けて何故《なぜ》だか緊張してしまう。

すると、母親が威厳《いげん》のある声を出した。

「瑞穂、一つ、アドバイスをしておくわ」

「何？　アドバイスって」

「いい？　恋愛《れんあい》に手段を選んでは駄目よ。どんなに卑怯《ひきょう》な手を使っても構いません。徹底《てってい》的にいきなさい」

「は？」

「相手の過去に何があろうと所詮《しょせん》、思春期よ。もっと積極的にいきなさい。そうね……まず、あなたは顔は良いけど、色気がないわ」

「ちょっと、お母さん！　なんの話を」

「何って、将来のお婿《むこ》さんでしょう？」

「ちちち、違《ちが》うわよ！　どこからそんな話になるのよ！」

「あら、そう」

瑞穂は顔を真っ赤にして言い返すが朱音はどこ吹《ふ》く風といった感じだ。

これ以上、朱音と話すといつまでも朱音ペースで話が進むことを瑞穂は知っている。

瑞穂のお願いしたかったことは既《すで》に受け入れてもらっているのだ。

ここはもう話を打ち切るに限る。

「じゃあ、お母さん、さっきの試験生への推薦をお願いしたからね！」

「はい、分かってますよ」

「もう！」

瑞穂はそう言うと朱音の部屋を出て行った。

朱音は瑞穂が出て行くとにこやかに微笑む。

「明良」

再び奥の襖が開く。

「はい、朱音様」

「聞いていたわね？　その堂杜君の招聘《しょうへい》のための交渉《こうしょう》はあなたがしなさい。学院には私から言っておきます。どんな条件を飲んでも構いません。必ず堂杜君を招くのですよ。場合によっては四天寺の資金も自由に使いなさい」

「は？　はい」

明良が朱音の極端《きょくたん》とも思える指示に驚くような顔をしたのを見て朱音は笑う。

「いいえ、そこまで難しく考えなくていいわよ。いいですか？　周りがどんなに騒いでも校長にだけ話しかけなさい。そして、常にこちらのペースで話せばいいのです。後は主にお金か物で靡《なび》きますよ。あの吉林高校の校長さんは」

「はい、分かりました。朱音様は吉林高校の校長をご存じなので？」

「いいえ、詳しくは知りませんよ。ただ一度、瑞穂の進学候補の高校として赴《おもむ》いたことがあるだけです。まあ、何というか……随分とユニークな高校ですね。一部の生徒と先生には驚かされた覚えがあります」

「そうでしたか。では、交渉の件は承知いたしました。早速《さっそく》、準備を致《いた》します」

「はい、よろしくお願いしますね」

明良は微笑む朱音に頭を下げると襖を閉じた。

朱音は明良が立ち去った気配を感じとると整備された四天寺家の内庭に目を移す。

「まさか、まさか、ですね。堂杜……どうもり。ランクSSの一人、その出自の一切《いっさい》が謎の人物、リョーの息子《むすこ》かもしれません。これが大当たりなら、これほど瑞穂の婿に相応《ふさわ》しい子はいません」

朱音は懐《なつ》かしそうな顔をして若き日の自分を思い起こす。

「リョーは今、何をしているのでしょうね〜。一生懸命《いっしょうけんめい》、実力を隠していたのに、バレてランクSSになっちゃったもんね。あの時のリョーの顔ったら傑作《けっさく》だったわぁ。あの時からリョーというのも偽名《ぎめい》なのはバレバレでした。ただ私は一度だけ、偶然《ぐうぜん》聞いたことがあるんですよ。リョーが酔《よ》っ払《ぱら》いの老人に絡《から》まれて、ドウモリ？　の家が何だとか、生活費がなんだとか、と言われているのをね」

そのように砕《くだ》けた口調で独り言を言いながらも朱音の顔は楽しそうである。

それはかつての親友を思い出しているようでもあった。

「瑞穂がリョーの息子を連れてくることになったら、なんて素晴《すば》らしいのかしら。あ、毅ちゃんには内緒《ないしょ》にしておかないとね。あの人、瑞穂のことになると周りが見えなくなるし、ましてや、リョーの息子なんて聞いたら……ふふふ、可笑《おか》しいわ。あら、精霊《せいれい》たちもにぎやかね、私の心がうつっちゃったかしら」

かつて、二百年以上空席だった精霊の巫女《みこ》の座に十五歳で就《つ》いた朱音は、世界各地に存在する精霊使いの家系からも尊敬を集める存在である。

その存在の重要性から数々の人類の難敵にも矢面《やおもて》にたったこともあった。世界能力者機関でも重大事には常に意見を求められ、今でもその役割を担《にな》っている。

だが、今の朱音は少女時代に遡《さかのぼ》ったようにウキウキした面持ちで茶菓子《ちゃがし》に手を伸ばすのであった。

◆

聖清女学院の学院長室では今回の将来の共学化という重要案件に伴《ともな》い、その影響を見るための試験生の名簿《めいぼ》を学院長と副学院長とが確認《かくにん》していた。

副学院長は名簿から顔を上げると嘆息《たんそく》する。

「これでほぼ短期に招聘する男子生徒は決定しましたが、よろしいのですか？　学院長」

「それはどういうことかね？」

「いえ、ほとんどの招聘生徒には異存はないんですが、この四天寺家推薦の……というより、ごり押《お》しと言っていいと思うのですが、この四人の生徒」

「良いも何もないだろう。四天寺家直々のご推薦だ。他のご父兄《ふけい》から文句はないだろうよ」

「ですが、同じ学校から四人というのは……。しかも、うち二人は女子学生です。そもそも、上流家庭のご子息を招くのが、その趣旨《しゅし》だったと思いますが」

「まあ、ものは考えようだ。わが校の生徒は異性への免疫《めんえき》が極度にない。そんな乙女《おとめ》の花園に人間性が良いとはいえ、いきなり男子生徒を試験的に招くというのは、そもそも極端な実験なんだよ。招かれる方だってストレスもあるだろう。そこで、この四天寺家の推薦名簿にあるこの二人の女子生徒だ。すでに共学の高校に通っている女子生徒を同時に招いて、男子生徒との関《かか》わり方を教える同性がいるとすれば学院の生徒たちの混乱は少ないだろう。こうやって考えてみると非常に良い考えにすら思うよ、私は」

「なるほど……確かに良い考えに思いますね。気付きませんでした」

「この考えで推薦してきたとは思わんがね。でも、まあ良いだろう。下世話な話で申し訳ないが、四天寺家から寄付金の増額の打診《だしん》があった。以前の数倍の額だよ」

「す、数倍ですか……」

学院長は名簿を手の甲《こう》で軽く叩きながらもニヤッと笑う。

「これでは断れんね。実際、大変有難《ありがた》い話だし、今回の試験生の在り方の気付きも与えてくれた。今回はこの名簿通りで良いが、これから第二、第三の試験生を招くときは共学に通う女子生徒にもスポットを当てようではないか」

「はい、そのように」

学院長は片腕《かたうで》で頬杖《ほおづえ》をつきながら、流し目で吉林高校からの生徒の書類を見ると、なんとも渋《しぶ》い顔をした。

「しかし、この吉林高校から来る四人。むしろ女子生徒の方はいいが、この二人の男子生徒は大丈夫《だいじょうぶ》なのかね？」

「まったくです……よく注意して見ておきます」

「うむ、お願いするよ」

学院長の座《すわ》る立派なデスクの上に広げられた名簿の他に、今回招く試験生たちの詳細《しょうさい》が書かれている書類が並べられている。

その最前面に並べられているのが今回、四天寺家の強い推薦を受けた四人の生徒たちの書類であった。

その四人の生徒たちは共通して蓬莱院吉林高校在校と書かれており、二人の男子生徒と二人の女子生徒である。

その名は右から、

○堂杜祐人（どうもりひろと）一年生　男子生徒
部活動等の所属はなく、クラス内での役割は『お助け係（拒否権《きよひけん》なし）』
現在は担任の指示で校内全域の草むしりと校内すべてのトイレ掃除《そうじ》を行っている。
実家は古流剣術《けんじゅつ》道場を開いている。
○袴田《はかまだ》一悟（はかまだいちご）一年生　男子生徒
部活動等の所属はなく、クラス内での役割は『植物係』
現在は担任の指示で校内全域の草むしりを行っている。
性的嗜好《しこう》の情報では女子生徒には興味がないとの噂《うわさ》あり。
○白澤《しろさわ》茉莉（しろさわまつり）一年生　女子生徒
剣道部所属　中学時代には全国大会準優勝
成績優秀《ゆうしゅう》、授業態度、生活態度すべてに問題がなく、他生徒からの信頼《しんらい》も厚い。
学級委員長も務めており、生徒会からの勧誘《かんゆう》も受けている。

〇水戸《みと》静香（みとしずか）一年生　女子生徒
剣道部所属
授業態度、生活態度に問題なし。
非常に前向きな性格をしており、周囲とのコミュニケーション能力が高い。

学院長は大きく息を吐《は》く。

「とにかく来週の月曜日から夏休みまでの短い期間だが、やってみようじゃないか。明日の朝に全校集会で私からこのことを生徒たちに発表しよう。各教員には学院生徒のメンタル面のフォローを重点的にするように指示を頼む」

「はい、承知しております」

こうして、祐人たちの短期編入が決定した。

何故《なぜ》、吉林高校から四人の生徒が派遣《はけん》されることになったのかは、交渉人である神前《かんざき》明良と吉林高校側とのやり取りに、その解があった。

◆

「ここが吉林高校か。いや、想像以上に立派な高校じゃないか」

明良は車から降りると感嘆《かんたん》するように校舎や校庭を見渡《みわた》した。

「うん？　これは……神気が漂《ただよ》っているね。偶然だろうが非常に良い立地に設立したようだ。朱音様がユニークな学校と仰《おっしゃ》っていたのはこういうこともあったのだろうな」

明良は守衛室で校長である高野総一郎《たかのそういちろう》との面会のアポイントをとっていることを伝えるとすぐに本校舎二階にある校長室へ案内された。室内は立派なもので、調度品として中国のものと思われるものが多数設置されており、これは校長の趣味《しゅみ》なのかと想像してしまう。

数分、部屋の中を見ながら話を始める前のアイスブレイクを思案していると、かなり高《こう》齢《れい》の和装の男性が杖《つえ》を突きながら覚束《おぼつか》ない足取りで現れた。

背後にはスーツを着た初老の男性が付《つ》き添《そ》うようにしている。

「あ、高野校長でございますか？　本日はお忙《いそが》しい中、お時間を頂きありがとうございます」

明良はさっと立ち上がり挨拶《あいさつ》をするが、その老人はそちらに見向きもせず、覚束ない足取りでソファーの上座に腰《こし》を掛《か》けた。

（え……校長ではないのか？）

すると、すぐさま付き添いの初老の男性が応対した。

「いえ、ご丁寧《ていねい》にありがとうございます。そんなに畏《かしこ》まらずに、お座りください、と、校長は言っております。あ、私は教頭をしております管仲《すがなか》と申します」

「は……はい、ありがとうございます」

（校長で間違《まちが》いなかった。しかし……この人は）

どう考えても校長は何も言っていないどころか表情も変えていないが、明良は何もなかったように努め、返事をした。

校長の高野総一郎と教頭の管仲が席に着くと秘書と思われる女性が現れ、それぞれの前に丁寧な所作でお茶と羊羹《ようかん》を差し出すとお辞儀《じぎ》をして部屋を出て行く。

すると教頭を名乗った管仲が明良に話しかけた。

「それで今日はどのようなご用件でしょうか」

「あ、はい。実は唐突《とうとつ》な申し出で申し訳ないのですが、本日は聖清女学院を代表致しまして御校《おんこう》にお願いをしたいことがあり、訪問させていただきました」

「ほう、あの名門の聖清女学院の方でしたか。それでお願いとは一体なんですかな？」

明良に対してすべて教頭の管仲が受け答えをしている。

校長の総一郎はというと出てきた羊羹にすぐ手を出してモグモグと味わうように食べていた。

明良は内心、本当にこれが校長？　と思いながらも聖清女学院の現状と将来の展望、また、共学化という苦渋《くじゅう》の決断を見据《みす》えていることを丁寧に説明した。

そして、本題である今回の共学化に向け、試験的に男子生徒を短期間ながら招き、校内への影響《えいきょう》度合いを見るつもりであることを伝えた。

「なるほど、あの名門聖清女学院がそこまでお考えとは。ですが、学校経営が問題化する前に対処をするという決断は素晴らしいですな。現在の学院長は聡明《そうめい》な方なのでしょう。ということは、その話の流れですと当校の男子生徒を短期間ながら御校に編入させたいということですかな？」

明良は理解の早い教頭に本心でありがたいと思う。

「ご明祭、恐《おそ》れ入《い》ります」

明良は深々と頭を下げた。

「ふむ……」

「モグモグ」

腕《うで》を組む教頭の横では校長、高野総一郎が他人事のように羊羹を味わっている。

「それと、こちらからお願いに参ったにもかかわらず恐縮《きょうしゅく》なのですが、その招聘したい生徒様ですが……」

「ふむふむ、候補がすでに決まっているのですか。どの子です？」

本当にこの教頭の頭の回転は大したものだと明良は舌を巻いた。このような人材が教頭でいる吉林高校は今後も安泰《あんたい》だろうと明良に思わせる。

校長の人の才能を見抜《みぬ》く眼力がすごいのか、または、この教頭が特に秀《ひい》でていることから自然とこの地位に就いたのか、と明良は自然と校長に目をやる。

「モグモグ……ズズー！　（お茶を啜《すす》る音）」

（……う、うーん？）

「神前さん？」

「あ、すみません。その生徒というのは一年Ｄ組に在籍《ざいせき》されている、堂杜祐人君です」

カッと校長の総一郎の目が見開いた。

堂杜祐人の名を出した途端《とたん》に校長室の中に緊張が走り、明良は背筋を伸ばす。

先程《さきほど》までただ羊羹を味わっていただけの校長の目に力が宿っているように見えた。

（まさか！　この反応は堂杜君が能力者であることを承知しているのか⁉　だとしたら、この入り方は失敗か。いや、しかし、そんなわけは）

教頭の管仲は総一郎に顔を寄せ、深刻そうな顔を見せながら小声で何やら話し合っている。そして、総一郎は力強くも硬《かた》い表情で大きく頷《うなず》いた。

管仲は元の位置に戻《もど》ると真剣な顔で明良に相対する。

「神前さん、校長はこう言っています」

ゴクリと明良は息をのんだ。

主人である朱音に何としても堂杜祐人君を試験生として連れてこいと言われている。しかも、どのような条件を飲んでも良いとまで言われているのだ。失敗は許されない。

もし、能力者であることが周知されていてそれが問題になっているのなら、すぐに立て直すのみ、と覚悟《かくご》を決める。

「その羊羹、食べないのなら頂けないか？　とのことです」

「……は？　あ、もちろん、どうぞ」

「おお、ありがとうございます。校長、いいそうです！　いやいや、神前さんはお若いのに中々どうして、交渉事が上手ですな！」

明良は一瞬、思考が停止し、ガクッと力が抜けかけたが何とか立て直し、校長の前に羊羹を差し出した。総一郎はすぐに羊羹に手を出して口に運ぶ。

「モグモグ……」

（大丈夫《だいじょうぶ》か？　この学校）

ここにきて自然と失礼なことを考えてしまう明良。

「神前さん、申し訳ない。で、何でしたかな？」

「あ、はい、実は堂杜君をお招きしたいのです」

「おお、そうでした、そうでした！　そうですか……では、ちょっと担任の者も呼びましょう。まあ、本人さえ良ければ問題はないと思いますがな。羊羹も頂きましたし！」

教頭は笑顔で立ち上がると背後にある電話で担任と思《おぼ》しき人物を呼んでいる。

「はい、高野先生、すぐに校長室までお越《こ》し頂けないですか。そんなにお時間は取らせません。そちらのクラスの堂杜君のことで、お話が。はい、はい、いいえ、羊羹も頂いたので、そういうわけにもいきません。はい、ではお待ちしています」

（羊羹？　羊羹が良かったのか？）

暫《しばら》くすると校長室のドアがノックされる。

「失礼いたします」

思わず明良は息をのんだ。

それほどに、今入って来た女性の容姿に目を奪《うば》われたのだ。

切れ長の目と眉《まゆ》。スラリとしたスタイルに白のスーツが良く似合う。

また、その女性が入って来た途端、部屋の中の空気が引き締《し》まったようにも感じた。

「彼女《かのじょ》が堂杜君の担任の高野美麗《みれい》先生です」

「高野です。初めまして」

明良は慌てて立ち上がり、頭を下げる。

「あ、神前明良と申します。お忙しいところ、お呼びだて致しまして申し訳ありません。え、高野？　失礼ですが高野先生と校長は」

「はい、娘です」

「な!!」

淡々《たんたん》とした応答だが明良はあまりの驚《おどろ》きで言葉を失い、思わず総一郎の方を見てしまう。

そこには、プルプル震《ふる》えながら相変わらず羊羹をいつまでも味わっている老人が座っていた。

孫の間違いではないか？

いや、むしろ種族違いではないか？

と喉《のど》まで出てきた言葉を必死に飲み込んだ明良。

「それで、どのようなご用件ですか？　うちの生徒に何か」

美麗は単刀直入に質問をしてきた。

「まあまあ、まずは座りましょう」

教頭がそう言うと明良たちは着席し、再度、訪問の理由を説明した。

美麗は無表情なまま、話を聞き、そして、話が堂杜祐人という生徒まで及《およ》ぶと明良に目を向ける。美麗と目が合うと明良は何故か緊張してしまい、冷《ひ》や汗《あせ》が流れた。

「内容は分かりました」

「はい、それで堂杜君を試験生として、是非《ぜひ》、招きたいと……」

「私は反対です」

「え……！」

「た、高野先生！　神前さんは羊羹をくれたのですよ⁉」

教頭は驚きの声を上げる。明良もこのまま話がまとまるかと考えていたが、美麗の登場で思わぬ展開になり顔を硬直《こうちょく》させてしまった。

（というより羊羹はもういいですって、教頭）

「私は反対と申し上げています。内容は分かりましたが、それでうちの堂杜君を招きたい理由が分かりません。もっと相応しい生徒がいるはずです。それに彼《かれ》は生活面に特殊《とくしゅ》事情を抱《かか》えていて、学業面でも他の生徒に後《おく》れをとっています。期末試験のあるこの時期に彼を他校に行かせるわけにはいきません」

美麗の言い分にやや慌てた明良は説明を補足する。

「いや、もちろん、その辺は考えております。試験については吉林高校のものを受けて頂くようにしますし、学業面は全面的にバックアップさせて頂きます。こちらは来て頂くという立場ですので決してご迷惑《めいわく》はお掛けしません。また、この間にかかる金銭面のことはすべてこちらでご用意させてもらうつもりです。それに何よりも短期的なものです。御校の生徒を奪うわけではありません」

「それでも、何故、彼なのか分かりません」

まったくブレることのない美麗。しかも説明しづらいところを的確に突《つ》いてくる。

この強敵の出現に明良は頭の中で再計算をしはじめる。

(朱音様に何としても連れてこいと言われている。こちらも、どうしても引けない。それにしても随分と頑《かたく》なだな。気のせいか堂杜君の名前を出した途端にそうなった気もする)

この時、美麗は明良を静かに観察していた。

無表情で分かりづらいが、実は美麗は内心、モヤモヤしている。

その理由は明良の持ってきた提案の内容ではなかった。

問題は神前明良が交渉に来た、ということに美麗は嫌《いや》な予感が拭《ぬぐ》えないのだ。

正直に言えば生活面で苦しい祐人にとっては悪い条件ではないだろう。

その意味では本人さえ承諾《しょうだく》すれば構わない内容だ。

では美麗が引っかかっているのは何か?

それは、この話の裏にとてつもなく性質の悪い相手を感じているのだ。

(神前という姓《せい》。そして、聖清女学院。この男は恐らく四天寺家の分家、神前家の人間。

ということは……裏にいるのは)

まるで祐人の周辺にも同時に探《さぐ》りを入れてきているようなこの動き。

この粘着《ねんちゃく》ぶりに美麗は覚えがあり、カッと目を見開く。

(あの巫女狐《みこぎつね》!)

「ひゃ!」

美麗からの気迫《きはく》を真横で受けた教頭が髪《かみ》を乱しながら倒《たお》れそうになった。

明良も正面から来るプレッシャーに額から汗が流れる。

(気に入った人間にはとことん粘着する気質は変わっていないようね。今回、どういった理由で堂杜祐人に目をつけたのか?　いや、そんなことよりも、巫女狐が手に入れようと思ったのなら、何をしかけてくるか分からない。堂杜家の人間を決して渡《わた》すわけにはいかない。であれば、この話は絶対に受けてはならない)

明良は一体、美麗の中で何が起きているのかは分からない。

だが今、朱音の命令を遂行《すいこう》するのに最も壁《かべ》になる人間がこの美麗だと悟った。

明良とて四天寺家の従者として、失敗など考えもしていない。

決心を固めた美麗と明良が相対する。

「か、神前さん、どうされました？　そんなに緊張《きんちょう》されなくても。高野先生も硬《かた》いですよ？」

教頭がただならぬ空気に二人を交互《こうご》に見て、心配そうに声をかける。

さすが教頭という立場に就くだけあって気遣《きづか》いの男であった。

因《ちな》みに校長の総一郎は羊羹を食べ終わり、退屈《たいくつ》そうにしている。

（この人は強敵だ。しかし、こちらはお願いする立場。どうすればいい？）

明良に焦《あせ》りが見え始めた。

美麗は表情を変えず明良を見ている。

教頭は二人を宥《なだ》めようとあたふたしていた。

（いや、落ち着け。焦っても良い考えなど浮《う》かばない。なにか打開策は……）

その明良の目に横でプルプル震える置物のような校長の総一郎が目に入る。

どうやら羊羹がなくなったことで「もう飽《あ》きたので帰っては駄目《だめ》かな」という感じがヒシヒシと伝わってくる。

（ま、まずい。このままでは、話が進まずに終わってしまう！　これでは朱音様に会わせる顔が……ハッ！　たしか朱音様は仰っていた）

〝周りがどんなに騒《さわ》いでも校長にだけ話しかけなさい。そして、常にこちらのペースで話せばいいのです。後は主にお金か物で靡きますよ。あの吉林高校の校長さんは〟

明良は顔を上げて、校長を見る。

羊羹がなくなり、退屈そうにプルプル震えている校長。

（やるしかない！）

明良は美麗から視線を外し、校長の総一郎に体を向けた。

美麗は無表情だが、よく見ると眉を寄せている。

「校長先生はどうお考えでしょうか？　堂杜君の招聘の件は」

返事はない、ただの置物のようだ。

だが、明良は朱音のアドバイス通りに気にせず話を進めていく。

「はい。もちろん、その場合ですが本人の承諾を得ます。そして、保護者様への説明もこちらからするつもりでいます。そして……」

置物……いや、校長はプルプル震えている。

何を考えているのかさっぱり分からない。

だが話を続ける。強行突破《とっぱ》しかない。

明良は目を細め、まるで利に聡《さと》い政治家に相対するような表情で校長と教頭にわざと何かあるように、僅《わず》かにだが時間をかけて部屋を見回した。

そして、バッグの中から書類を取り出すと校長の前に差し出す。

「ご協力頂ける場合、御校に対してもそれなりの謝礼を考えております」

校長は何も変わらずプルプルしている。

すると教頭がその書類を見て驚愕《きょうがく》の表情になった。

「ここ、これは寄付金！　こんなに我《わ》が校《こう》へ？　こ、校長！」

教頭の反応に明良は内心でニヤリと笑う。

だが肝心《かんじん》の校長は教頭の叫《さけ》び声《ごえ》を受けても、相変わらずただのプルプル人形だ。

最低でも何らかの反応があるだろうという自信のある金額だったこともあり、明良も内心、慌てだす。

(この置物……いや、校長に何の変化もない。この金額を見ても何とも思わないのか⁉)

興味無さそうに、というより話を聞いているのかすら分からない校長に明良は戸惑《とまど》った。

今回の話は自校の大事な生徒にも関係し、先ほど提示した金額は学校経営にも影響を与えるほどのものなのだ。それにもかかわらず、ただプルプルしている校長。

明良の前では無表情の美麗が腕を組み、行く道を阻《はば》む大岩のような存在感を放つ。

(な、何かないのか、起死回生の策は。朱音様はお金で靡くと仰っていたが違うみたいだ……うん？　いや、主にお金か物と仰っていた！　お金か物？　お金はもう出した。それ

でこの状況《じょうきょう》だ。とはいえ、物といっても、何に響《ひび》くのか）

「あ、校長、口に羊羹がついてますよ」

この時、教頭の菅仲がそう言い、ハンカチを取り出すと総一郎の口を拭《ふ》こうとした。

その時、初めて校長が動いた。

校長は澱《よど》みない素早《すばや》い動きで口の端《はし》についた羊羹の小さな欠片《かけら》を探し、それを見つけると教頭のハンカチに拭かれまいと自らの口に突っ込む。

そして再び、プルプルする置物に戻った。

「……」

明良は校長をジーッと見る。

この時……明良にある策が浮かんだ。

だが心の中で激しく頭を振る。

（我ながら馬鹿《ばか》げた考えが浮かんでしまった。まさかね、まさかとは思うが、このジジイ、いや、この校長は生徒や学校経営よりも……）

明良は顔を上げると表情を作り直し、でもやはり引《ひ》き攣《つ》らせながらにこやかに笑う。

そして、やけくそ気味に言い放った。

「あと、謝礼に羊羹も付けます」

途端に部屋の空気が変わった。教頭の管仲は口をあんぐりと開けて明良を見る。

美麗は組んでいた腕を解《ほど》き、今まで決して崩《くず》さなかった冷静な顔に僅かながら動揺《どうよう》の色を見せる。

明良はハッとした。

（じ、自分は一体、何を言っているのか⁉　なんて馬鹿なことを言ってしまったんだ！　生徒にも関わる重要な案件で、まさか羊羹で釣《つ》ろうなんて！）

明良は恥《は》ずかしさで顔を真っ赤にし、すぐに謝罪をしようとしたところ、今までまったく反応がなかった校長の総一郎が突然、勢いよく立ち上がった。

その眼光は鋭《するど》く、明良を睨みつけている。明良は一つの高校を預かる教育者の長を怒《おこ》らせてしまったと自分の愚《おろ》かな発言を後悔《こうかい》する。

総一郎は、今までのは何だったのか？　という程《ほど》のしっかりとした足どりで明良に近づき、厳しい表情で明良を見上げ、今日、初めての声を上げた。

「うちの生徒をよろしく」

「は？」

ＯＫがでた。

その後、心なしか上機嫌《じょうきげん》に見える校長は出て行き、今後の段取りの詳細を教頭と詰《つ》めることになった。

この話し合いに鋭い視線を送ってくる美麗は口を挟《はさ》み、ある条件を突き付けてきた。

それは堂杜祐人、一人だけの派遣は決してしないということ。

そして、美麗がリストアップした生徒も受け入れること、だった。

何としても朱音に祐人を連れてこいと言われたこともあり、また、先ほどの理解不能な交渉が頭から離《はな》れず、若干《じゃっかん》平常心ではなかった明良はそれを受け入れ、祐人の聖清女学院への短期編入は決定した。

話し合いが終わると教頭が明良に近づいて来て美麗に聞こえないようにしたいのか、小さな声で耳打ちされる。

「神前さん、校長からのご伝言です」

「え、それは……？」

「羊羹は何本？　とのことです」

「……っ！」

明良は適当に返答すると頭を押さえつつ、ふらついた足取りで吉林高校を後にした。

明良が帰った直後、吉林高校校内に生徒の呼び出しの放送が流れた。

〝連絡《れんらく》です。一年D組の袴田一悟さん、水戸静香さん、一年C組の白澤茉莉さん、至急、第一面談室にお越しください。高野美麗先生がお呼びです〟

その呼び出しを受けてすぐに面談室まで来た三人は不安そうな顔で待ち、一人ずつ中に通された。

そして数分の面談の後、一人ずつ出ていく。

その時の三人の表情はそれぞれに印象的なものだった。

一悟は「よっしゃ――――!!」と拳《こぶし》を天に突き上げて、鼻息荒《あら》く出て行く。

静香はワクワクした顔でそれは楽しそうな顔。

茉莉はピシャッと引き戸を閉めて出てくると、やらせはしない！　という女騎士《きし》のような表情だった。

三人と面談を終えた美麗は面談室で一人軽くため息をつく。

「巫女狐の思い通りにはさせません。このメンバーに期待しましょう」

このメンバーに託《たく》された美麗の思惑《おもわく》。

一悟は祐人の秘密を知る人間として、祐人の横に置くのが良いと考えた。

何かあった時にそういう人間がそばにいてくれるのは祐人にも有難いはず。

一悟はああ見えて義理堅《ぎりがた》く、頭が回る子だ。

そして後は思う存分、女子学院で好きに行動してもらい、四天寺家の重荷になること。

一悟が問題を起こした場合、すべて招聘《しょうへい》を要請《ようせい》した四天寺家に返るのだ。

正直、ただの嫌がらせ。

静香には、一悟が暴れすぎて吉林高校の品位に関わるほど目に余った場合、一悟のストッパー役になるよう申し付けた。

茉莉にはしっかりと祐人に近寄る人間を見張ってもらい、堂杜家を搦《から》めとろうとする動きの防波堤《ぼうはてい》を担ってもらう。堂杜家だけは守らなければならない。

四天寺家の朱音が関わってくるということはどんなエグイ手でくるか分からない。特に女の武器には要注意だ。それを考えれば茉莉はうってつけの人材である。

ただ……美麗もすべてを見通す神様ではない。

この三人がどのように動くのかまでは分かるわけはなかった。

だが、この点に関してはそれでいいとも思っている。

この三人は祐人と繋《つな》がっている少年少女だ。

お互《たが》いがお互いに重要な存在だと気づきだしている。

美麗は人生の先輩《せんぱい》として、生きていく上で一番つらいことの一つを知っているのだ。

それは掛けがえのない友人や大好きな人に起きた出来事に気付かず、知らず、そして、それに関われずに過ぎ去っていく……ということ。

だから、美麗は思う。

お互いに、この貴重な高校時代にもっと関わり合いなさい、と。

それで行き着いた結末を友人同士で見て、感じて、考えること。

そのことが、あなたたちの人生の財産となるに違《ちが》いがないのだから。

美麗はフッと笑うと立ち上がり、面談室を後にすると、その足は父でもあり校長でもある総一郎のいるところに向かう。

その目的は一つ。

羊羹で生徒を売ったジジイに生まれてきたことを後悔させるために！

この時の美麗とすれ違う生徒たちは何故か無意識に体を震わせたのだった。

第2章　女学院と調査と

月曜日、早朝。聖清女学院《せいせいじょがくいん》の校門前の広いロータリーに四天寺《してんじ》家の車が止まった。

後部座席のドアが開くと大きな荷物を持った二人の男子生徒が姿を現す。

同時に運転席から明良《あきら》が出てくると二人の少年にこれから学院長のところへ行くようにと伝え、守衛の人に学院側の案内人を呼んでもらうようにお願いしている。

守衛と話を終えた明良は少し緊張気味の少年と意気揚々《いきようよう》とした少年に声をかけた。

「堂杜《どうもり》君、袴田《はかまだ》君、ここで待っていてくれれば案内の人が来てくれますからね。あと、他の子もうちのものが迎《むか》えに行っていますので、もうすぐ来ると思いますよ」

「あ、はい、分かりました。ありがとうございます」

「ありがとうございます！　神前《かんざき》さん」

「では、私はここで。頑張《がんば》ってください。特に堂杜君、うちの姫《ひめ》をよろしくお願いしますね」

「あはは、頑張ります」

明良はそう言うと車に乗って去っていく。

登校時間よりもだいぶ早い時間帯なので周りには誰《だれ》もいない。

女子高に短期間とはいえ登校するという状況に現実味を感じられない祐人《ひろと》は、誰もいないのにもかかわらず緊張してしまう。

「おおー、スゲー門だよな。おいおい、ここから見ても校舎が見えねーよ。一体、どんな広さなんだよ。こんな学校に通うお嬢様《じょうさま》ってのが現実にいるんだな！」

祐人と違い、まったく緊張していないどころか、全身から喜びのオーラを出す一悟《いちご》が驚きの声をあげた。

その一悟の姿を横目で見つめる祐人。

「何で一悟まで……」

「うん？　だから昨日、言っただろう。美麗《みれい》先生たってのお願いでこれは俺《おれ》としても受けざるを得なかったんだって。いや、仕方ないよ、うん、これは仕方ない」

そう腕を組んで何度も頷くと、うつむいたまま動かなくなり、徐々《じょじょ》に体を震わせる。

「あれ？　一悟、どうしたの？」

祐人の問いかけにも返事がない。一悟は、いまだうつむいて震えている。

その姿に祐人は、さすがに一悟もこの状況に緊張しているのだろうと思った。確かに普通ではない状況だ。一悟にもストレスがかかっているのは想像できる。

その理由のひとつは、昨日、電話で一悟と話した内容だ。

「今回の件だが祐人。何かあるんだろう？　でなきゃ、いくら何でもこんなふざけた状況が起きるわけはないからな。この話を美麗先生から聞いた時にピンときたわ。美麗先生の話だと、まず、相手はお前をご指名だったそうじゃねーか」

一悟の鋭い指摘《してき》に祐人も一瞬《いっしゅん》どう言おうか迷ったが、一悟は唯一《ゆいいつ》、祐人が能力者であることを知っている人間である。また、一悟は軽そうな態度から誤解を受けがちだが、重要な事に関しては口が堅《かた》いことを祐人は知っていた。

「うん……実は、今回、依頼《いらい》を受けたんだよ」

祐人は事の発端《ほったん》をすべて一悟に説明した。

一悟は祐人の話を聞き、その内容に驚き、そして真剣《しんけん》な声で応答する。

「そんなことが……いや、もう、驚かねーよ。でもなるほど、分かった。そういうことなら俺もお前が動きやすいようにさり気なくフォローをいれるわ。特に白澤《しろさわ》さん辺りは結構鋭いからな」

一悟から茉莉《まつり》と静香《しずか》も来ると聞いた時には、祐人も驚愕してひっくり返った。一体、どうしてそんなことに？　と、美麗の考えが分からなかったが決まったことは仕方がない。

とはいえ正直、心配しかない。何故《なぜ》なら、茉莉たちに瑞穂《みずほ》からの依頼を感づかれないようにしていかなくてはならないのだ。

だが、そう考えると一悟が横にいてくれるのは本当に有難《ありがた》いと思った。一般人《いっぱんじん》の一悟にしてみれば、とんでもないことに巻き込んでしまい申し訳ないのだが。

「一悟」

祐人は申し訳なさそうに、まだうつむいている一悟の肩《かた》に手をかけた。

すると、一悟の震えの大きさが増していく。

「ククク……ハハハ……ハッハハ――‼ ヤッホイヤ――――‼ 来た来た来たぁ！ 俺の絶頂期ぃぃ！ ヒャッハー！」

「のわぁ！」

祐人は一悟の奇声《きせい》に体を仰《の》け反《ぞ》らせた。

一悟は祐人など目に入らないかのように両手を広げ、空を睨《にら》む。

「こんな『虫取り網《あみ》』と付き合ってて良かった！ 本ッ当に良かったぁ！ 今まで付き合っていて何にも良いことなんてなかった！ そう、まったくなかった！ だが、ようやく良いことがあった！ 最初で最後！ もう一生ないだろうが、あるにはあった！ よくやった祐人！ お前は親友だ！」

「お、おう……って！　なんだと――！」

一瞬、一悟の狂喜《きょうき》ぶりに呆気《あっけ》にとられた祐人だが『虫取り網』の言葉に反応する。

「この腐《くさ》った苺《いちご》が！　『巨乳好きＢＬ』のくせに！　『巨乳好きＢＬ』の友達でいる僕《ぼく》の苦しみを考えたことがあんのか！　どんだけ僕が恥ずかしい思いをしているか！」

「ぐは！　ふ、ふざけんなよ、それは全部、お前のせいだろうが！」

「僕の虫取り網もお前のせいだ！」

「あ、あのー、よろしいですか？」

名門聖清女学院の校門前で騒いでいる少年二人に声が掛かる。

学院の案内をしてくれる人らしい女性が困ったような顔で立っていた。そして、その後ろには仁王《におう》のような顔をした筋肉ムキムキの守衛の姿が。

一旦《いったん》止まった祐人と一悟は、顔をその女性に向け、さらに、その後ろから自分たちを見下ろしている金剛《こんごう》力士像のような守衛に目をやる。

「学院の近くで騒ぐのはご遠慮《えんりょ》いただきたい……よろしいですかな？」

「「すみませんでした――!!」」

祐人と一悟が同時に九十度のお辞儀をした。

その姿を額から汗を流して心配そうに見つめている女性。

「堂杜君と袴田君ですね。それでは学院内を案内しますので、こちらにどうぞ」

「は、はい、よろしくお願いします」

祐人と一悟は荷物を持ち、まだ、ジーッとこちらを見つめている守衛の前を体を小さくしながら案内人の女性についていく。

二人は校内に入り、しばらく女性についていくと校内の整備された敷地内《しきちない》を目の当《ま あ》たりにしてキョロキョロしてしまっていた。

「なんか……すごいね、一悟」

「ああ、どれだけお金がかかってんだろうな。しかも、都内にこれだけの敷地って」

二人が感嘆《かんたん》しながら歩いていると案内の女性が二人に話しかけた。

「先にお二人に過ごしてもらう寮《りょう》を案内いたしますね。この時のために急遽《きゅうきょ》建てたものなので、少々手狭《てぜま》で申し訳ないのですが、そこに荷物を置いてもらってから学院長室に案内いたします。全員、揃《そろ》われましたら今後のことをお伝えしますので」

「あ、はい、ありがとうございます」

実は、この短期編入に際して学院敷地内の寮に泊《と》まり込んで通うことになっている。都内だけではなく全国から試験生を募《つの》るので、このようになったとのことだ。もちろんすべて無料である。

やることのスケールが違うな、と一悟も驚いていたが、確かに実家から通うには少々距《きょ》離《り》があったので、有難いと思っていた。

校舎の横を抜《ぬ》けて、敷地の奥《おく》に進む。すると一悟は開放感のある広場の反対側に見える大きな洋館のような建物に気付いた。

「あの大きな建物は何ですか？」

「ああ、あれは学院の生徒の寮になっています」

「うへー、すごいですね。まるで歴史のある高級ホテルみたいな感じだ」

「はい、そのような用途《ようと》でも使うことが可能になっています。実際、お忍《しの》びで来た各国の要人の奥方《おくがた》やご息女がお泊まりになることも珍《めずら》しくありませんから。因みに試験生の女子生徒の方々にはあちらに泊まっていただきます」

「ええ！」

祐人と一悟は互いの顔を見合わせる。

「おい、祐人、なんか思ったより」

「うん、すごいところだね。女子高という前に、あまりの場違《ばち》いに緊張してきたよ。後で茉莉ちゃんたちに中がどうなっているのか聞きたいね」

「あ、こちらになります。どうぞ、お入りください」

案内されて着いたそこには小綺麗《こぎれい》な三階建ての建物があった。外装はレンガ造りではあるが、新築の雰囲気《ふんいき》があって立派な建物である。

祐人たちが「おお！」と感嘆の声を上げると、そのまま中に通されて、それぞれの部屋に案内された。

手狭と言われたが、それはこの学院の感覚であったようで、祐人たちにとっては広く立派なものだった。

しかも一人一人に部屋を用意されるとは思っていなかった二人は感動してしまう。

「では、荷物だけ置いてきてくださいね。普段《ふだん》は下にコンシェルジュがいますので、これからはそちらに生活面のことはご相談ください」

二人は自分の部屋に荷物を置くとすぐに出てきて、案内されるままに学院長室に向かった。

「祐人、なんだよ、すげぇ嬉《うれ》しそうだな」

「うん！　まさか一人部屋なんて本当に嬉しい！　ああ……これで誰にも邪魔《じゃま》されずに眠《ねむ》れるよ。これで疲《つか》れがとれる―」

祐人は拳を固めて涙《なみだ》を滝《たき》のように流し、空を見つめる。

「うん？　お前、独り暮らしだろ？　そもそも誰にも邪魔されないだろうが」

「え！　あ、そうだったね！　ほ、ほら、ここのベッドすごかったから！　フカフカで！」

「ああ、確かにそうだな！　ホテルみたいだったもんな」

「そうそう！」

（あ、危なかった）

まさか深夜になると嬌子《きょうこ》、サリーを筆頭に白《パイ》やスーザンまでが一緒《いっしょ》に布団《ふとん》の中に入ってくるとは言えずに胸を撫《な》でおろした。

（こんなこと言ったら一悟が何て言うか。いや、こんなの女性陣《じょせいじん》にバレたら変態扱《あつか》いされちゃうよ、トホホ）

今朝もそうだった。昨晩《さくばん》は聖清女学院に行く前日とあってか、起きたら全員が祐人の寝《ね》床《どこ》に集まっていたのだ。おかげで疲れがとれていない。

傲光《ごうこう》がいる時は門番をお願いしているのだが、傲光も毎日いるわけではない。

祐人は何でこんなことになっているのかと肩を落とした。

それはミレマーから帰国後のことである。

「祐人、祐人ー」

「うーん？　どうしたの？　白」

祐人が洗面所で就寝前《しゅうしん》の歯磨《はみが》きをしているところに白とスーザンが駆《か》け寄《よ》ってきた。

祐人は井戸《いど》で汲《く》んできたお水で口をすすぎ、タオルで顔を拭くと改めて振り返る。

「今日ね、祐人と一緒に寝ていい？」

「ええ⁉　どうしたの、突然《とつぜん》」

ニコニコと屈託《くったく》のない笑顔《えがお》の白と無表情で枕《まくら》を抱えているスーザンが可愛《かわい》らしいパジャマを着て祐人の腕《うで》に抱《だ》きついてくる。

「ちょ、ちょっと待って！　そ、それはまずいんじゃないかな」

「えー、何で？」

「何でって……若い女の子と男がそんな簡単に一緒に寝るもんじゃないの。そういうのは人間たちの間ではあまり良いことではないんだよ」

「ぶーぶー！　人間たちと私たちは違うもん。一緒に寝た方が私たちにとってはいいことなんだって聞いたもん」

「……（コクコク）」

「え？　それはどういうこと？」

「私たちは契約《けいやく》しているでしょ？　だから私たちは契約者から霊力《れいりょく》を補充《ほじゅう》しないと力がでないんだよ。先日、力を使っちゃったし、その分、霊力が少なくなっているから」

「ええ！　そうなんだ！　それは知らなかった」

実際、祐人は知らなかった。そもそも堂杜家は契約者の家系ではないので、そういった契約人外の基本的な知識も乏《とぼ》しい。

「本来は契約者の祐人が私たちに霊力を注入してくれればいいんだけど、祐人って霊力を操《あやつ》れないから、近くにいて漏《も》れ出《で》ている霊力を私たちがもらいに行かないとダメっぽいの」

「う！　な、なるほど」

それを言われると祐人も申し訳ない気持ちになる。いつの間にか契約者になっていたが、だからといって白やスーザンたちを困らせたくはない。普段は学校やバイトで白たちと一緒にいる時間がないために一緒に寝る、ということになったのだろう。

それにどうやら近くにいればいいだけみたいなので、最初に想像してしまった同じ布団で寝るというわけでもなさそうだった。

「うーむ、分かった。そういうことなら隣《となり》に白たちの布団を敷《し》いて寝ようか」

「やったー！」

「……嬉しい」

白たちは満面の笑《え》みでぴょんぴょんと跳《は》ねて、自分の部屋に向かい布団を取りにいった。

祐人の家は古いが非常に広いので滞在《たいざい》が多い嬌子たち六人の部屋があり、ウガロンは庭を希望してきたので、祐人が建てた大きめの犬小屋に寝泊まりをしていた。

祐人が自室に入るとすぐに、白とスーザンがわいわいと布団を頭上に掲《かか》げながら入ってきた。

「へへー、祐人が真ん中ね！　ね、スーザン」

「……（コクコク）」

「はいはい、ちょっと待ってね。あ、こら、まだシーツが終わってないから」

祐人は自分の布団を真ん中にして、白とスーザンの布団を左右に敷くと二人は飛びあがって自分の布団にゴロンとする。二人とも祐人と一緒に寝られるのがそんなに嬉しいのか、まるで修学旅行のようにはしゃいでいた。

「よーし、じゃあ二人とも電気消すよー。いい？」

「はーい」

「……（コクコク）」

祐人が電気を消すと部屋内は真っ暗になり、祐人は手探《てさぐ》りで自分の布団の中に入った。

祐人は非常に寝つきのいい人間である。修業《しゅぎょう》の成果でもあるかもしれないが、どんなところでも寝ることができる。

祐人は目を瞑《つぶ》ると……十数秒後には寝息を立てていた。

——数分後。

（う……うむむ……何だろう？　風？　それに何だか布団が軽いような……）

祐人が目をスッと開けると……布団が宙を舞《ま》っている。

「は⁉」

いや、舞っているというより、掛布団《かけぶとん》が小さなつむじ風に導かれ、空中で雑巾《ぞうきん》が絞《しぼ》られているように巻かれている。

「あははは、祐人はもうツイストドーナッツだね……むにゃ」

ぞわっと顔を青ざめさせる祐人。明らかに白の夢とリンクしているようだ。しかもよくみれば掛布団がギューッと絞られて今にも破れそうではないか。あんなのに巻き込まれたら寝ているどころではない。

「ぱ、白！　ちょっと起きて、布団が千切れちゃううぅ」

白を自分から剥《は》ぎとり、体を揺《ゆ》らすと少しだけ白が目を開ける。すると、にこ～と輝《かがや》くような笑顔を見せたと思うと祐人の首に抱きついた。それが想像以上に力強く、きつく、まったく離れない。どうやら、まだ寝ぼけているらしい。

「白、白！　痛たっ！　痛だだだ!!　起きてくれぇぇ！　え？　敷布団が浮いて……」

今度は敷布団の下から風が吹《ふ》きあがり体が浮き上がるような感覚を覚える。

祐人と白を乗せた敷布団は空飛ぶ絨毯《じゅうたん》のように部屋中央に浮かび、その後、高回転した。

「ぎゃあ、とめてぐれぇ！　ぐ、ぐるしい！　目が回る！」

しばらくすると布団は畳《たたみ》の上に戻《もど》り、白の抱きつく力も緩《ゆる》んだ。

この間、結局白は一度も起きることはなかったのだった。

「ゼーゼー」

祐人は必死に呼吸を整えながら白の平和で愛くるしい寝顔を恐《おそ》ろしいものを見たかのような表情で見つめている。

とりあえず祐人は白の布団を部屋の端の端へ移動させた。

正直、まだ不安だったが部屋の外に出すのはさすがに可《か》哀《わい》想《そう》と思ってしまい距離をとるだけにした。

時計を見るともう深夜である。明日も学校なので祐人はすぐに布団の中にもぐった。

――数分後。

（う……うむ……何だろう、暑いな。いや、暑いなんてもんじゃない……熱い！）

「熱い！　すんごいあっつい！　あちちち!!」

目を剥《む》いてバッと体を起こそうとすると左腕《ひだりうで》と左足にスーザンがきつく抱きつき、安らかな顔で眠っていることに気づく。

部屋内の温度も恐らく五十度は軽く超《こ》えているだろう。

「祐人……お肉は煮《に》るより焼く方が好き」

スーザンの寝言を聞くと高まる室温とは逆に背筋が寒くなり、命の危険を感じとる祐人。

一体、なんの夢を見ているのかさっぱり分からないが、今はそれどころではない。

「スーザン！　起きて！　本当に起きて！　僕が焼けちゃう！　焼けちゃうからぁぁ！」

祐人は必死の形相でスーザンの背中や頬《ほほ》をペチペチと叩《たた》く。

まったく起きる気配がない。

それどころかスーザンの放つ熱はあがり、祐人を抱きしめる力も増す。

「グハッ！　熱ちちちち！」

祐人はもう手段を選んでいる余裕《よゆう》はなくなり、スーザンの頬を引っ張ったり瞼《まぶた》を無理やり開けたりするが、まだ起きてくれない。

祐人は力ずくではぎ取ろうと背中に手を回すとスーザンの背中から小さな翼《つばさ》が出ており、祐人の手が触《ふ》れた。寝ぼけて翼を出してしまったようだった。

祐人は火傷《やけど》の恐怖《きょうふ》を感じていたので、配慮《はいりょ》なくスーザンの翼と腕を掴《つか》んだ。

「スーザン！　お願い！　起きて！　とにかく離れてぇぇ！」

その途端《とたん》、スーザンが目を開いた。

いつも無表情のスーザンだがこの時は大きく目を見開いている。

スーザンは祐人に抱きついた両手を外し、体から放つ熱も下がった。

祐人は心底胸を撫でおろし、大きく息を吐《は》く。

すると、自分の翼を掴む祐人を見つめるスーザンが小さな声で囁《ささや》いた。

しかも、心なしか目が潤《うる》んでいる……ようにも見える。

「祐人……エッチ」

「何で――!?」

この祐人の声で嬌子やサリーたちが駆けつけてきて「ずるい」だの「えこひいき」だのと騒ぎ立て、宥《なだ》める祐人を強行突破してすべての女性陣が祐人の部屋に集合してしまった。

余談だが、祐人から霊力を受け取るには傍《そば》にいるだけで良いので何もくっついて寝る必要はなく、白に祐人と一緒に寝るように知恵《ちえ》をつけたのは嬌子だったと知るのは後日のことになる。


祐人は疲れを吐き出すように大きく息を吐いた。

祐人と一悟は細部まで手入れの行き届いた中庭と、廊下《ろうか》に飾《かざ》られている立派な絵画に目を奪《うば》われながら学院長室の前まで案内された。

誰もいない学院長室に通された祐人と一悟は立派な内装に感嘆の声を漏らす。

「少々、お待ちください。他《ほか》の方々も、もう到着《とうちゃく》されているようですので、すぐにお集まりになると思いますので」

「あ、はい、分かりました」

祐人がそう応《こた》えると案内人の女性は丁寧《ていねい》にお辞儀《じぎ》をして出て行った。

「祐人、ここは別世界って感じだな」

「そうだね〜、校内の廊下にまでたくさんの絵画が飾られているとは思わなかったよ」

「こんなところに通うお嬢様ってのは、相当、浮世《うきよ》離《ばな》れしているかもなぁ。外界と違いすぎるわ。それで異性との交流もないってなると、男子生徒を実験的に招いてワンクッション置こうとするのも、分かるような気がしてきたわ。うーん、お嬢様たちとのキャッキャ、ウフフの交流も慎重《しんちょう》なファーストコンタクトが必要だな……」

作戦を練り直すように考え込む一悟を、祐人は反目で見つめる。

「ちょっと、一悟。あんまり暴れないでよね。僕は面倒《めんどう》見切れないからね」

「心配すんな、祐人。俺を誰だと思ってんだ？　ガツガツするなんざ、馬鹿な男がすることさ。まずはよく話を聞いて尊重していれば、自《おの》ずとコンタクトの取り方が分かってくる」

「まあ、何だかんだで一悟のことだから大丈夫《だいじょうぶ》だと思うけど……」

「それより祐人」

「何？」

「授業が始まってからでいいから、お前の同期だっけ？　その子たちを紹介してくれ。それと俺が能力者を知っている人間であることも伝えておいてくれよ？　そうじゃないとお前のフォローもしにくいからな」

「あ、そうか、分かった。取りあえず、先に言っておくよ」

祐人が一悟に瑞穂とマリオンのことを簡単に説明していると院長室の扉《とびら》が開いた。

「あ、袴田君、堂杜君！　先に来てたんだね！」

「おお、水戸《みと》さん、白澤さん」

そこに案内人に連れてこられた茉莉と静香が入って来た。

二人も一悟と祐人のように驚《おどろ》きの連続だったのだろう。二人とも少々、興奮気味だった。

「いやー、ここはすごいね、私もさすがに緊張《きんちょう》しちゃったよ！　案内された部屋もテレビでしか見たことのないスイートルームみたいなんだもん」

「本当ね、その後、静香ったらその話ばっかりだもんね。私も驚いたけど」

「茉莉ちゃんたちは、いつ着いたの？」

「ついさっきよ。そのまま流れるようにここに来た感じ。祐人たちは別に寮があるって聞いたけど」

「うん、こっちのも急遽建てたと聞いたのにすごかったよ。場所は茉莉ちゃんたちの寮から広場の反対側のところの場所だった」

「そうだったのね。そっちも見てみたいな～。あ、でも男子寮には行っては駄目《だめ》よね、超《ちょう》お嬢様校なんだもんね」

「ああ、祐人んちのテントで過ごした時みたいなパーティーは駄目なのかな？　またやりたいな！」

「そうね！　あとで聞いてみようか？　私たちは学院の正式な生徒じゃないし」

一悟の言葉に茉莉もその時のことを思い出したのか楽しそうに頷《うなず》いた。思ったより茉莉もこの短期編入について、前向きにとらえ始めているようだった。

「勢いで来ちゃったけど、ちょっと私も緊張してきたわ。でも、こんな経験、よく考えたら中々できないし、楽しみにもなってきたわ。新しい友達が出来るかなって」

茉莉がにこやかにして静香も一悟も楽しそうにしているのを見て、祐人も緊張が少し解けてきた。やはり、仲間がいると余裕が生まれてくる。

「あ、そうだ……祐人、あなたに聞きたいことがあるんだけど」

「うん？　なに？」

「美麗先生に聞いたんだけど、この学校にあなたのバイトの仕事仲間がいるって本当？」

「え⁉　何故《なぜ》それを？　しかも、美麗先生が？」

祐人は驚き、何故そのことを美麗先生が知っているのか分からないが、茉莉にわざわざそのことを伝えたことに不思議がった。

その茉莉の話に静香が前のめりに割り込んでくる。

「そうなの⁉　堂杜君。へー、それは、それは、すごい偶然《ぐうぜん》だね～。それってガストンさんが言ってたすごい綺麗《きれい》な子たちでしょう？　しかも、お嬢様だったんだ。これは会うのが超楽しみ！」

静香の言う、すごい綺麗な子たち、というところにピクッと反応した茉莉だが、祐人の反応から美麗の話が本当だったと理解した。

「ふーん、やっぱり、そうなのね。じゃあ、祐人……」

「な、何かな、茉莉ちゃん」

吉林高校《きつりんこうこう》で男子生徒から絶大な人気を誇《ほこ》る栗色《くりいろ》の髪《かみ》の少女の目が一瞬だけ光ったように感じ、身構える祐人。

今回、この少女が短期間とはいえ他校に編入すると聞いただけで多数の男子が肩を落としていた。男子たちは一様に、茉莉のいない吉林高校は吉林高校ではない、と涙している。

中には夏休みを前に、茉莉とお近づきになろうと何かと理由をつけて茉莉に話しかけようとしていた男子たちがいた。茉莉はそういった男子たちを邪険《じゃけん》に扱うことは一切《いっさい》なく、それぞれに笑顔で丁寧に応対している。

だが男子たちの下心を知ってか知らずか、茉莉の対応にはまったく隙《すき》がなく、中々、プライベートまで切り込むことが出来ない。そのため、男子たちは結局、悶《もだ》えるように茉莉の笑顔にただ見送られるのだった。

とはいえ、それだけで吉林高校の男子たちの茉莉の評価はうなぎのぼりになっている。

また、生来世話好きの茉莉は女子クラスメイトの状況《じょうきょう》もよく見ており、何かあると思うと言われる前に率先《そっせん》してフォローに入る。それでいて公平に意見を出すので、クラスでの茉莉への信頼《しんらい》は女子生徒からも大きなものだった。学級委員として、これほどの適任者はいないと言われ、最近は生徒会からも声がかかっている。

優秀《ゆうしゅう》な成績、剣道部《けんどうぶ》での実力、授業態度、他生徒からの信頼の厚さ、それでいて耳目《じもく》を集める容姿は言わば完璧《かんぺき》超人とまで言われ、女子生徒たちからは一年生にもかかわらず、憧《あこが》れの存在になりつつある。

その茉莉が大きな目を細め、笑顔のような、というか笑顔に見える表情をした。

「その子たちを紹介してね……絶対」

（まあ、なんてことはないでしょうけど、祐人だし。ガストンさんに可愛いと言われているほどの子たち、ましてや、こんな学院に通う超お嬢様が祐人をたぶらかすような悪い子なわけがないわね。何の意味もメリットもないし）

吉林高校で茉莉がこのような顔を見せることは滅多《めった》にない。いつだって自然体である。今、見せているような表情を知っているのはごく少数だ。

「え⁉　何で？」

「何で？　こんなところに来て知り合いがいるのに紹介をしないなんてある？　それとも祐人、何か不都合でもあるの？　私も祐人の友達と仲良くしたいだけ……よ」

「ふ、不都合なんて、ないよ！　う、うん、分かった、ただちに紹介するよ！」

祐人の反応に茉莉の目がさらに細くなるのを見て、慌《あわ》てて応える。

実際、茉莉はその祐人と繋がりのある女の子たちに興味があった。それは深い意味はなく、友人になれたらいいな、ということも本心としてあったのだ。

このお嬢様校の凄《すご》さを目の当たりにして、祐人を悪い意味で相手にするわけがないという安心感を覚えたということも確かにあったが。

だが、ここに来て茉莉はある疑問が湧《わ》いてくる。

それは、そんなお嬢様がするバイトとは？　ということだ。

しかも、超庶民《ちようしよみん》の祐人と一緒にする仕事とは一体。

(この件は頑《かたく》なに祐人も言わないものね。ちょうどいいわ、どんな仕事なのか、今回、探《さぐ》ってみようかな)

祐人は今回、依頼の件もある。なるべく能力者である瑞穂たちのことは知られたくはないというのが本音だ。特に茉莉は鋭《するど》いところがあるので尚更《なおさら》だった。

(なんでこんなことに……美麗先生は何を考えて)

だが、茉莉の言う通り、この状況で瑞穂たちを知っていてまったく紹介《しようかい》をしないというのも確かに不自然なので、この辺りは仕方ないと考える。

(それにしても、この茉莉ちゃんを学校のみんなにも知って欲《ほ》しいよ。そうすれば僕に対するやっかみも減るのに。どうせなら、みんなに見せる自然な優《やさ》しい笑顔を僕にもして欲しいよな)

実は茉莉と一緒に他校に編入する祐人には男子生徒から非常に厳しい眼差《まなざ》しを浴びせられていたのだ。これには祐人も本当に辟易《へきえき》している。

茉莉と幼馴染《おさななじみ》というポジションも相当気に入らないらしい。

因《ちな》みに一悟はというと、安全牌《あんぜんぱい》ということで放置。

「なんか言った？　というより何を考えた？　一瞬、イラッとしたんだけど」

「なんにも言ってないよ！　まったくもって！　というか、考えた？　って怖《こわ》いよ！」

　この二人の掛《か》け合《あ》いを可笑《おか》しそうに見ていた静香が祐人に話しかける。

「くっくっく、でも、堂杜君、私にも是非《ぜひ》、紹介してね！　私もこの機会にいい友達を作ろうと思ってるんだから」

　今回、一番この編入を楽しんでいるのは静香ではないかと思わせる笑顔を見て、祐人も笑顔で頷いた。確かに気をつけなくてはならないことはあるが、自分の知り合いたちが仲良くなってくれるのは嬉しい。

「うん、後でみんなに紹介するから」

　横で一悟はやれやれという感じで苦笑いをする。

　すると、校長室のドアが開き、学院長と思われる白髪《しらが》を束ねた女性を筆頭に学院の先生たちや、祐人たち以外の試験生が連なって入って来た。

　学院長はゆったりとした動きで席に着くと落ち着いた感じで声を上げた。

「まずは、この聖清女学院にようこそ。そして、今回の試験生として来てくださって御礼《おれい》を申し上げる。さて、既《すで》に説明は聞いていると思うが、この度の試みは聖清女学院が将来の共学化を見据《みす》えてのもの。最初は皆《みな》もやりづらいところはあると思うが、積極的に学院生徒たちと関《かか》わっていって欲しい」

祐人たち試験生たちは緊張気味に頷く。

学院長の挨拶《あいさつ》が終わると副学院長から各試験生たちの編入するクラス分けが発表された。

試験生の人数は十七人。今回は一年生と二年生のクラスに編入される予定である。

聖清女学院の一学年のクラス数は四クラスであるので、八クラスにそれぞれ二人から三人の試験生が振《ふ》り分《わ》けられる計算だ。

「それでは一年生の方々からお名前をお呼びしますので返事をしてください。まず、一組には堂杜祐人さん、白澤茉莉さん、蛇喰花蓮《じゃはみかれん》さん」

はい、と祐人と茉莉は返事をする。

すると同じクラスに編入されるらしい蛇喰花蓮という少女が小さな声で遅《おく》れて返事をした。声が小さくどこから聞こえてきたのか分からない祐人はキョロキョロとしてその声の主を探す。茉莉も似たような状態だった。

「ふふふ……よろしく。堂杜さん、白澤さん……」

「のわ！」

「きゃっ」

突然、祐人と茉莉のすぐ真下から声が聞こえてきて、二人は驚いて茉莉などは祐人にしがみついた。目線を下に移すとそこには前の毛で目が隠《かく》れている小柄《こがら》な少女がニマ〜と笑って見上げている。

　正直怖い。

目が前髪に隠れており、表情が口だけでしか判断がつかなかった。

その花蓮が手を差し出している。恐らく握手《あくしゅ》を求めているのだろうと思い、祐人は恐る恐るその手を握《にぎ》る。

「ふふふ……よろしく」

「よ、よろしく」

　どうやら合っていたみたいだ。

　茉莉もその様子を見て手を震《ふる》わせながら花蓮の手を握った。改めてニマ〜と笑われ、茉莉はビクッとするが、そこは優等生なのでしっかりと挨拶を返しニッコリと笑う。

「こ、こちらこそ、よろしくね、蛇喰さん」

「あなたたち……いい人」

「あ、ありがとう」

　花蓮の口しか見えない笑顔に茉莉も祐人も引《ひ》き攣《つ》った笑顔をした。

「はい、よろしいですか？　時間もないので挨拶等は後でお願いします。二組には袴田一悟さん、水戸静香さんです」

副学院長は表情を変えずに続けて発表していく。

祐人は発表を真剣な顔で聞いた。

(それにしても茉莉ちゃんと同じクラスか。ちょっと動きづらいな。一悟たちは隣のクラスね、できれば一悟とは同じクラスが良かったんだけど、それは仕方ないか。それにしても、この子……)

祐人は自分の前に立っている小柄な蛇喰花蓮と呼ばれた少女を見つめる。

(この子……女の子は、茉莉ちゃんと水戸さんだけだと思っていたけど)

こうして全員の編入するクラスが言《い》い渡《わた》されると、祐人たちはそれぞれのクラスの担任に付《つ》き添《そ》われ、自分のクラスに移動を開始した。


「では堂杜君たちは私が呼ぶまで、ここで待っててくださいね」

聖清女学院の一年一組の教室の前で、このクラス担任のオットリ感のある女性の先生に言われ、祐人たちは頷いた。担任の先生はニコッと笑うと先に教室の中に入って行く。

ここに来て祐人は極度に緊張してきた。それは茉莉も同じようで表情が硬《かた》い。もう一人の編入生である花蓮は前髪で顔の大部分が隠れているためよく分からないが、自然体に見えるので意外と大丈夫なのかもしれない。

中で担任の先生が色々と説明しているのが聞こえてきて、クラスが騒《ざわ》めくのが聞こえると祐人は余計に不安になった。

当たり前だがすべて女の子たちの声しか聞こえない。

（うわぁ、慣れないなぁ。それにしてもここに瑞穂さんとマリオンさんがいるのか。なんか変な感じだよね。とりあえずは呪《のろ》いの調査をどのように進めていくかは、メールで大雑《おおざっ》把《ぱ》に説明はしてあるから、あとは校内でどのように動いていくか……だね）

事前に必ず同じクラスに編入するようにしていると瑞穂から聞かされている。授業が終わり次第《しだい》、呪術《じゅじゅつ》の調査を始める予定だ。

すると横から珍しく茉莉が弱々しい声を出す。

「祐人、さすがに緊張してきたわ。挨拶とか考えてきたのに全部、忘れそう。転校生って、こんな気持ちなのかな？　これから転校生が来たらこちらから気を使ってあげないといけないって思うわね」

茉莉が形のいい眉《まゆ》をハの字にして右手で左手を握っていた。

「そうだね、これは独特な雰囲気だよね。僕なんて自己紹介《しょうかい》で自分の名前を噛《か》みそうだよ」

ただでさえ緊張していた祐人だが、何でもそつなくこなす茉莉まで緊張していることに、余計に緊張の度合いが増してしまう。

「二人とも……大丈夫《だいじょうぶ》、なんて事はない。挨拶すれば、あとは適当に話は進んでいく」

二人の様子を見てか、いや、前髪で見ているのか分からないが花蓮がニマ～と笑いつつ祐人と茉莉を見上げた。

茉莉は花蓮を見つめた。小柄でどちらかと言うと一番か弱そうな容姿をしている花蓮の物言いに感心する。

「蛇喰さんはしっかりしてるわね。でも、ありがとう。そうよね、緊張してもしなくても状況は変わらないものね。蛇喰さんのおかげでちょっと落ち着いたわ」

そう言い、茉莉が花蓮にニッコリ笑うと花蓮は照れるように顔を僅《わず》かに赤らめるが胸を反らしてニマ～と笑って鼻をならした。

「私のことは花蓮でいい。苗字《みようじ》で呼ばれるのはあまり好きじゃないから」

「え？　ああ、うん。じゃあ花蓮さん、私のことも茉莉でいいわ」

花蓮は頷き、満足そうにする。

「あ、じゃあ、僕《ぼく》も祐人でいいよ」

「男は別」

「え!?」

花蓮は微妙《びみよう》な顔をしている祐人を無視するように教室に目を向ける。

「私はこういうことに慣れている。呼ばれたら私が先陣《せんじん》をきるから、二人は私に付いて来て」

「お……おお、蛇喰さん、頼《たの》もしい！」

祐人が称賛《しょうさん》すると花蓮は再び鼻をならした。恐らく嬉しいのだろう。

すると、教室から担任の先生の声で「三人ともどうぞ」と声をかけられて花蓮を先頭に祐人と茉莉が続いた。

教室内では担任の説明もあまり耳に入らないお嬢様《じょうさま》たちが、まだかまだかとそわそわしていた。

「うふふ、瑞穂さん、祐人さんの学生服姿は初めてですね」

「まあ、そうね。制服なんてどこでも同じでしょうけど」

教室の最後尾《さいこうび》にいる瑞穂とマリオン。祐人を待ちわびているようなマリオンの言葉にそっけなく答える瑞穂だが、マリオンには瑞穂の心のうちが透《す》けて見える。

何故《なぜ》なら二人とも今朝はいつも以上に身だしなみに時間をかけていたのだ。

「それにしても、三人も来られるんですね。しかも、うち二人が女の子なのは聞いていませんでしたので驚きました」

「え⁉　そうなの、マリオン？」

「もう……瑞穂さん、聞いてなかったんですか？　今、説明してましたよ」

「そ、そう。でも、どこから招いたのかしら」

「さあ……」

「あのー、瑞穂さん、マリオンさん。すみません、これはどういう状況なんですか？　先週はミレマーの式典で丸々お休みを頂いてましたから、実はよく分からないのですが」

瑞穂の横からニイナが不思議そうに首を傾《かし》げていた。

「あ、ニイナさん、そうね、ニイナさんは今日初めて聞いたのよね。これはね……」

瑞穂が簡単にこの状況を一から説明する。

「そ、そうなんですか⁉　驚きました。それでこんなに騒《さわ》いでるんですね」

そう言うニイナの横顔を瑞穂とマリオンは見つめていた。

何故なら、これから呼ばれる生徒の中には祐人がいる。

記憶《きおく》からは消えてしまっているが、実はニイナにとって再会と呼べるものなのだ。

瑞穂とマリオンは、祐人が来るということはニイナも祐人に出会うことに気付き、祐人のこと、ミレマーでのことをニイナに伝えるべきか事前に話し合っている。

だが、結局、伝えないことに決めた。それは悪意からそのように決めたのではない。当初、瑞穂とマリオンは伝えることを考えていたのだ。

でも、それは少し違《ちが》うのではないか、という考えに至った。

それは説明が難しいのだが逆にニイナに失礼な気がしたのだ。

自分たちは偶然の力も働いたかもしれないが、祐人を自力で思い出している。

ニイナがもし本当に祐人を思い出すようなことがある時、その自分たちから事前に知らされていたら、と二人は考えた。

そうだとしたら……悔《くや》しいだろうな、と。

きっとニイナが同じ立場だったら自分たちにそう思うに違いないとも。

なんとも理屈《りくつ》としては成り立ってはいないとは思う。

しかし、瑞穂とマリオンはそのようになると確信したのだ。

もし万が一だがニイナが祐人を思い出したのだとしたら……。

その時は正々堂々とニイナと向き合うだけだと瑞穂とマリオンは思っている。

それが二人のプライドでもあると言えた。

説明をしていた担任も生徒たちの浮《うわ》ついた状況に苦笑いし、早々に説明を終えて試験生たちを呼んだ。

すると、教室前方の入り口から小柄な少女を筆頭に祐人たちが入室してくる。

お嬢様たちから緊張と期待の入り混じった声が湧き上がった。

「殿方《とのがた》よ、殿方が来られましたわ」

「は、はしたないですわよ」

「わたくし……震えが止まらないですわ」

「だ、大丈夫ですわ、英子《えいこ》さん。とても穏《おだ》やかな人だけをお呼びしているそうですから」

このような教室内の中、瑞穂とマリオンは食い入るように祐人を見つめていた。

久しぶりに見た祐人は緊張しているようで歩き方がぎこちない。

でも、それは紛《まぎ》れもない祐人だった。その祐人が他校のものだが制服姿で自分たちの通う学院の教室内にいるということが何とも不思議で……

「瑞穂さん、マリオンさん、ど、どうしたんですか？　ニヤニヤして」

ニイナに軽く引き気味に言われ、二人はハッとした顔でいつものように構える。

「あ、なんでもないです、ニイナさん。おほほほ」

「ちょっと、私はニヤニヤなんてしてないわよ」

「そ、そうですか？」

そこに大きな感嘆《かんたん》の声が上がり、瑞穂とマリオンは前を向いた。

祐人たちが入室するとお嬢様たちは好奇心《こうきしん》で目を輝かし、特に祐人は男なので視線が集中する。

だがすぐに、その視線と感嘆の声は三人目の入室者に向けられた。

それは茉莉である。

茉莉は緊張しているようだったが、その栗色の髪を靡《なび》かせ、姿勢良く登場した途端、お嬢様たちのその注目をすべて奪った。

「な、なんて綺麗なのかしら」

「ええ、一瞬《いっしゅん》にして教室が華《はな》やいだように感じましたわ」

「素敵《すてき》……」

「四天寺さんやシュリアンさんとお並びになりましたら、どれだけ素晴《すば》らしいのかしら」

「ニイナさんもいますわ」

お嬢様独特の誉《ほ》め言葉が聞こえ、茉莉は若干《じゃっかん》、狼狽《うろた》えている。

そして、瑞穂とマリオンというと、違う意味で目を丸くしていた。

「マ、マリオン、あのすごい綺麗な子の制服」

「は、はい、あれは、祐人さんと同じ制服です」

「まさかとは思うけど同じ学校というだけで関係はないわよね？　あれだけ綺麗な人が」

「はい、まさか祐人さんと仲が良いということはないと思います。さすがに」

そう言いながらも嫌《いや》な予感が二人の少女にほとばしったのだった。

「はい、皆さん、お静かに。それでは、このお三方がこの度、当学院に来てくださった試験生の皆さんです。それでは自己紹介を順番にお願いしますね」

すると、誰《だれ》に言われるでもなく花蓮が堂々とした態度で一歩前に出た。

教室内に呼ばれる前に言っていた通り、緊張した様子は見えない。

小柄ながらも、その物怖《ものお》じしない姿に祐人も茉莉も緊張が和《やわ》らぎ、花蓮がいてくれて心から良かったと思った。

その花蓮が、長い前髪で目が見えないが正面に顔を上げた。

「ははは、はじべましで！　じゃばびがれん、でぶ！」

膝《ひざ》の力が抜《ぬ》け、前と後ろに倒《たお》れそうになる祐人と茉莉。

花蓮は派手に噛んだ舌をおさえ、しゃがみこんでいる。

(うおい！　噛みすぎでしょう！　どんだけ緊張してんの。さっきの頼もしさは何だったんだ、この子は)

「まあ、小柄で可愛《かわい》いです！」

「ええ、愛くるしいです。目が見えないのが残念ですわ」

「ああ、早くお話ししたい！」

だが、お嬢様たちには好印象だったようだ。

「はい、では次の方ね」

花蓮に続き、祐人の番になると、祐人は教室内に広がる光景が全員乙女《おとめ》たちということに頭がクラクラしてしまう。

祐人は注目され、シーンとした教室。

その雰囲気《ふんいき》に飲まれ、緊張がマックスにまで高まる祐人だが、意を決して声を振り絞った。

「あ、ど、堂杜祐人です。み、短い間ですが、よろしくお願いします！」

祐人は深々と頭を下げる。

いまだにシーンとした教室内。

「噛みましたわ」

「噛みましたわね」

「殿方って、もっとお強いイメージでしたけど」

「やはり、人から聞くのと実際に見るのでは違うのですね」

お嬢様たちからの微妙な反応に乾《かわ》いた笑いになる祐人。

どうやらお嬢様たちが期待していた男性像と違ったらしい。

「あはは……」

若干、残念そうにし、ざわついているお嬢様たちの様子を眺《なが》めながら、祐人は教室の最後尾に瑞穂とマリオンを見つけた。

祐人と二人の目が合うと、何故か二人は難しそうな顔をして腕《うで》を組み、こちらを凝視《ぎようし》している。

（何だろう？）

祐人は首を傾げるが、よく見るとその視線は自分と茉莉を行ったり来たりしているように見えた。

（ああ、なるほどね。茉莉ちゃんは目立つから。まあ、後で紹介すればいいか。それよりも今後のことだよな）

今回の試験生制度は、夏休みまでの一ヵ月弱の期間である。この短い期間で敵の居場所を特定しなければならない。

それを考えれば、これから密に連携《れんけい》して呪いについての調査と話し合いが必要なので、できれば祐人は瑞穂たちの近くの席に座《すわ》りたいと思った。

その方が今後、何かと都合がいい。

幸い瑞穂もマリオンも最後尾の席なので、その辺りに座らされる可能性が高いだろう。

祐人はそう考えて、見てみれば後ろの方に空いた席がチラホラとある。

祐人から見て、最後尾の右の窓際《まどぎわ》に空席が二つ並んでおり、マリオン、空席、瑞穂と並んで、その隣《となり》にはこちらを大きな目でジッと見ている異国の少女が座っていた。

そのやたらとこちらを大きな目で見ている少女のところから左にも空席が並んでいる。

（まあ、あの窓際の辺か、瑞穂さんとマリオンさんの間に座らせてもらおう……って、うん？　あれ？　あれれ？　今、見たことある人がいなかった？）

祐人の視線が再び右へ移動していくと瑞穂の隣に座る異国の少女にとまる。

瞬間《しゅんかん》、祐人の顔が驚愕《きょうがく》に染まっていく。

危なく声が出そうになり祐人は口を押《お》さえた。

その様子に気付いた瑞穂とマリオンは何故か半目になっている。

祐人は「どういうことか⁉」と、すぐに瑞穂とマリオンの方に目を移した。

途端に瑞穂とマリオンは祐人の視線を受けないように顔を背《そむ》ける。

祐人は完全に動揺《どうよう》してしまっていた。

何故なら、そこに座っている少女はミレマーで出会った……、
ニイナだったのだ。

世界能力者機関の依頼《いらい》で赴《おもむ》いたミレマーでニイナに出会い、そこでニイナの実父グアラ

ンの仇《かたき》でありミレマーの敵となったスルトの剣《けん》の首領ロキアルムを祐人は倒している。

祐人は、そのスルトの剣との戦闘《せんとう》で能力を解放し、祐人という存在はニイナの記憶の中から消えた。

ところが、そのニイナが明らかにこちらを……自分の方を見つめている。

何故、ニイナがここにいるのか、祐人は聞いていないためにわけが分からない。

祐人の記憶では確かニイナはアメリカの大学に入学すると言っていたはずだ。

祐人は自分でも理由は分からないがニイナと視線を合わせないように、ニイナの方を見ないように、ただ前方に目を向ける。

その祐人の機微《きび》を見逃《みのが》さない瑞穂、マリオン、茉莉はそれぞれに祐人とニイナの様子を見ていた。

「はい、はい。皆さん、お静かに。では、次の方、お願いしますね」

担任の先生が手を叩《たた》きながらそう言うと茉莉は祐人から目を離し、前を向いて頷いた。

茉莉はお嬢様たちを見渡《みわた》すとニコッと笑う。

「皆さん、初めまして。白澤茉莉です。短い間ですが友達になってもらえると嬉《うれ》しいです。試験生としての立場も理解していますので、何でも聞いてください。私は共学の学校から来ましたので個人的な意見になってしまうところもありますけど、分かることはお伝えしたいと思います。よろしくお願いします」

茉莉は微笑《びしょう》を浮《う》かべながらそう言うと頭を下げた。

お嬢様たちから感嘆の声が漏《も》れ、みながウットリとしたように茉莉を見つめる。

「こちらこそ、よろしくお願いしますわ」

「なんてお優しそうな」

「ええ、それでいて、とても、しっかりされておられますわ」

「今日、ご昼食後にお茶会を催《もよお》しましょう！」

「まあ！　素晴らしいですわ」

お嬢様たちは喜びで浮足立《うきあしだ》ったように其処《そこ》彼処《かしこ》から茉莉に声をかける。あまりの反応に茉莉はにこやかにしながらも額から汗《あせ》を流していた。

試験生たちが挨拶を終えたところで担任の先生はおっとりとした口調でまとめる。

「はい、三人ともありがとうございました。皆さん、仲良くしてくださいね」

「先生！　試験生の方々に質問をしてもよろしいでしょうか」

クラスの中から皆の意見を代表するように一番前に座っているお嬢様が手を上げてワクワクした表情を見せる。

「そうですね、まだちょっとだけ時間がありますし、皆さんともお話ししやすい環境《かんきょう》も大事ですから。三人ともよろしいですか？」

「あ、はい、大丈夫です」

祐人たちは頷き、承諾《しょうだく》した。

「じゃあ、皆さん、どうぞ」

途端《とたん》に、一斉《いっせい》に手が上がる。

質問の内容は多岐《たき》にわたり数々の質問がでた。

共学校では女子生徒と男子生徒は仲が良いのか？

行動を共にすることはあるのか？

部活動には参加されているか？

中には、男子生徒は怖くないか？

などなど、たくさんの質問が出された。

それらの質問はすべて茉莉と花蓮に出されている。

茉莉は丁寧《ていねい》に、花蓮はちょっと上から目線で質問に答えていた。

祐人には全く質問がこない。

どうやら、お嬢様たちは男子である祐人に話しかけるのを避《さ》けているようだった。というのも、祐人が目を向けるとどのお嬢様も皆、緊張したように視線を外すのだ。

だが、祐人に興味がないわけではなさそうで祐人の視線が来ないところのお嬢様は祐人をジッと観察しているのが分かる。

（なんか、やりづらいなぁ。でも、最初はこんなもんかな？　だって女子高だし、あまり男子に免疫《めんえき》のないお嬢様ばっかりだもんね）

すると先生がそれに気づいたのか、ニコッと笑い、学院生徒たちに助け船を出した。

「はいはい、堂杜さんにも何か質問はありませんか？　堂杜さんは男性の試験生です。今回は試験生ですが共学になると、堂杜さんのような男性が何人も入学してくるのですよ。今回は試験生でもすので、穏やかな人ばかり来てもらいましたから心配しなくても大丈夫です」

そう先生に言われてお嬢様たちはザワザワとしだした。

しばらくすると、おずおずと手を上げるお嬢様がいる。

「ふふふ、はい、三条《さんじょう》さん」

その三条さんというお嬢様は耳を赤くしながら、声を絞《しぼ》り出《だ》すようにしていた。

その姿を見ていると祐人にも緊張《きんちょう》がうつってしまいそうになる。

「白澤さんと……その……堂杜さんは制服が似ていますけど、やはり同じ学校から来られたのですか？　あ、すみません、男性の制服姿をあまり知らないもので」

意外と普通《ふつう》の質問だ。確かにそこは目につくところだろうとも思う。

とは言ってもなんてことのない質問でもある。先生に促《うなが》されてとにかく勇気を出して質問したのだろう。見てみればとても真面目《まじめ》そうなお嬢様だ。

ところが、この質問が出された途端、今まで終始すまし顔だった瑞穂とマリオンの目に生気が籠《こも》った。

「あ、はい、そうです」

「はい、同じ学校ですよ」

茉莉も横で質問をしたお嬢様に頷いた。

「まあ、私も似ていると思っていましたの」

「殿方の学生服姿なんて、実際に見たことがありませんでしたわ」

「では、学院が共学化されましたら殿方はどんな制服になるのかしら。ちょっと楽しみですわ」

「ああ、本当ですわね」

三条さんは納得《なっとく》したような顔をすると、続けて祐人と茉莉に質問をしてきた。

「では、お二人は、学校でもお話をしておられましたのでしょうか」

「ああ、はい。僕たちは小学校から知り合いでしたので、よく話をしますよ」

ピクッと眉が上がる瑞穂とマリオン。

「まあ、そうだったんですね。普段《ふだん》、学校ではどのような会話をされるのでしょうか。男子生徒と女子生徒でお話ししてはならないこととかあるのでしょうか」

随分《ずいぶん》と浮世《うきよ》離《ばな》れした質問に感じるが茉莉がにこやかに答える。

「そうですね、なんでも話しますよ。勉強のことから日常のことまで。別に相手が不愉快《ふゆかい》にならなければなんでも話して大丈夫《だいじょうぶ》です。普段、女の子同士で話すのとあまり変わりませんよ」

「はい、僕たちも……」

「私は男には意識的に厳しめに話す。男は良い顔を見せるとすぐに調子に乗るから」

祐人も質問に答えようとすると花蓮が突然《とつぜん》、前に出てきて勝手に質問に答える。

遮《さえぎ》られた感じになった祐人は「え!?」と花蓮を見るが、花蓮は胸をそらし、ちょっと偉《えら》そうにしていた。

（この子は……読めない）

「そうなんですか！　では、なんでもお話ししても、聞いてもよろしいんですね」

すると、火がついたように他《ほか》のお嬢様方からも手が上がった。

なるほど、どうやら男性と話すのにどんなルールがあるのかを気にしていたようだ。

「お互《たが》いに何て呼び合うのでしょうか？　殿方には、様は必ず必要ではないのでしょうか」

「どれぐらいの距離《きょり》でお話しするのでしょう」

「二人きりにならないように、常に複数でお話しするのがよろしいのですよね」

「もし、手が触《ふ》れ合ってしまったら責任は取ってもらえるのでしょうか？」

質問が出るわ出るわで、収拾《しゅうしゅう》がつかない。

先生も「あらあら」と、ちょっと困ったような顔をしている。

ただ、質問の内容が共通するところがあるので祐人と茉莉は掻《か》い摘《つま》んで返答する。

「別に普通でいいですよ。そこまで気しなくて大丈夫です。僕たちの学校では互いに敬称《けいしょう》は、さん、と、君、ぐらいですね」

「仲が良ければ色々、話しますよ。そうでなければそれなりです。相手が男性でも特別なことはないですから。お互いを呼ぶときも仲が良くなってくると名前で読んだり、親しみを込めてあだ名で呼んだりします」

「まあまあ、そうなんですね！」

「わたくしたちと同じなのですね」

「わたくし、自信が湧《わ》いてきましたわ」

「殿方と名前で呼び合うなんて……ちょっとドキドキしますわ」

お嬢様方の疑問が少しずつ解けたのか、先ほどまであった緊張感も無くなって来たように感じられた。

「では、堂杜さんと白澤さんはなんと呼び合っているのですか？」

「ああ、僕たちは、その……幼馴染なので、僕は茉莉ちゃん、と呼んでます」

「私は祐人……と呼んでいます。小さい時からそうなので、そのまま、という感じです」

お互いの呼び方を改めて聞かれると、なんか恥《は》ずかしく、祐人も茉莉も困ってしまう。

「男性の名前を！」

「ああ、まるで物語の中のようですわ」

この答えにお嬢様たちは大盛り上がりで、まるで自分のことのように喜んでいる。

一部を除いて。

突然、祐人は今までに感じたことのない凄《すさ》まじいプレッシャーを受けて、体ごと驚《おどろ》き、思わず肩《かた》が跳《は》ねた。

（な、何？　これは）

祐人はすぐさまプレッシャーの発生源と思《おぼ》しき方向に視線をやると、そこには二人の少女が瞬《まばた》きもせずこちらを見ている。

そう、瑞穂、マリオンの瞳孔《どうこう》が開いている。

「ヒ！　何で!?」

教室内では乙女たちがにこやかに盛り上がっている中、最後尾から暗黒のオーラを背に目が赤く光っている瑞穂、筋肉だけで笑い、目に光がないマリオン。

そしてその横にいるニイナはただただジッと祐人を見つめている。

祐人は体が震えだし、生き物としての生存本能が警鐘《けいしょう》を鳴らしてくる。

「ふふふ……強い意志を三つ感じる。あなた、逃《に》げた方が良い」

気づくとすぐ横でニマ～と花蓮が祐人を見上げている。目は隠れて見えないが。

「うわ！　花蓮さん。え、三つ？　二つじゃなくて？　ハッ！」

祐人はこの時、すぐ近くから大気が歪《ゆが》むような強力な気を感じた。自然と祐人の全筋肉が退避《たいひ》行動の準備を始める。

（こ、これは一体……）

祐人はそ～っと横に顔を向けた。

そこには腕を組み、真の敵を見つけた最強の勇者のような気迫《きはく》を放つ少女がいる。

その暗黒勇者……いや、茉莉は教室の後方を睨《にら》みつけていた。

茉莉は視線を後方に向けたまま口を開く。

「祐人」

「はい！」

「あそこにいる子たちが、仕事の仲間？」

「う、うん、一人は違うけど、な、何で分かるの？」

「ふーん、何かしら、この感覚は。これはとても危険な感じがするのよ……ね」

「いや、茉莉ちゃんの方も十分、危険な感じがす……のわ！」

茉莉の目が一瞬だけ祐人を射貫《いぬ》き、祐人が仰《の》け反《ぞ》った。

茉莉は瑞穂たちを見つめ、そのそれぞれと目を合わせる。

お互いにまったく視線を逸《そ》らさずに見つめ合う少女たち。

（この子たちはただの祐人の仕事仲間のはず。あと、横の小柄な子は？）

今、茉莉の超感覚《ちょうかんかく》が瑞穂、マリオンを明確に危険人物だと伝えてくるのだ。そして、瑞穂とマリオンも同じような感覚を自分に感じていることが何となく分かる。

また、横にいる少女からはそこまで危険なものは感じないのだが、何故《なぜ》か気にはなる。

（怖《こわ》い怖い怖い！　何？　何なの？　何でそんなオーラが出せるの？　三人とも）

祐人が肩を震わせているとチョンチョンと背中をつつかれた。

後ろを振り向くと花蓮がニマ～と笑い、親指を立てた。

「グッドラック！」

瑞穂とマリオンは祐人を見つめていたところ、その横から自分たちを測るような目を向けてきた茉莉に気付いた。そして、瑞穂とマリオンも瞬時《しゅんじ》に茉莉が感じているものと同じものを感じとる。

祐人から聞いた幼馴染《おさななじみ》という危険な存在は知っていた。それが茉莉なのかは、当然、最初は分からなかったが、今、その幼馴染と知り、しかも自分たちに対して向けてきた茉莉の視線と雰囲気でこの少女が何者なのかを完全に理解した。

それにしても、今回は、と瑞穂は思う。

何でこんなにややこしいことになったのか。

元々はクラスメイトの呪いに気付き、それを解除するために共学化を考えていた学院にかこつけて祐人を呼び込んだ。

ところが、それが茉莉のような人間まで呼び込み、横にいるニイナもまだ祐人のことを思い出してはいないようだが、何かを感じているようだ。

瑞穂はマリオンに目を向けると、マリオンも若干、頬を膨《ふく》らませている。どうやら、マリオンもややこしさを感じているのだろう。

マリオンが瑞穂の視線に気づき、目が合うと……お互いにため息を吐《つ》いた。

この時、ニイナは不思議なほどに自分の目を奪《うば》う祐人という少年を見ながら胸の辺りを握りしめた。

（あの堂杜さんっていう方を見ていると胸が……）

ニイナは今、喜びや嬉しさ、安堵《あんど》や切なさ、寂《さび》しさや焦《あせ》り、そして、ときめき、と複雑で処理しきれない感情に戸惑《とまど》っていた。

するとやがて、それらは一つの感情に集約されていく。

「何故でしょうか、あの方を見ているとイライラします」

ニイナのその言葉が聞こえ、ハッとした瑞穂とマリオンがニイナに注目する。

そして、祐人を見つめるニイナの感情的な表情を見ると「ああ……」と、納得の声を出し……深い、深い、ため息を吐くのだった。

この後、先生から祐人、茉莉、花蓮は最後尾の席に座るように言われる。

その席順は……、
窓側から、茉莉、マリオン、花蓮、瑞穂、ニイナ、そして、祐人となった。

祐人たち三人の試験生はそれぞれが指定された席の前に着くと、近くにいる学院生徒たちに簡単な挨拶《あいさつ》をした。

特に茉莉はこういう礼儀《れいぎ》にはそつがなく率先《そっせん》して声をかけている。

そして、茉莉は席に腰《こし》を掛《か》けると隣の席になるマリオンに会釈《えしやく》をした。

「短い間ですがよろしくお願いします。白澤茉莉です」

「あ、こちらこそ。私はマリオン・ミア・シュリアンです。よろしくお願いしますね」

二人ともにこやかに言葉を交わすと、ほんの僅かな時間だがお互いに顔を見つめる。

外から見れば、ごく自然なやり取りでしかない。

それどころか二人の容姿も相まって、それはとても華やかな雰囲気だ。

だが……、
その中身は大いに違っている。

この〇コンマ何秒の間に数千、数万回、互いの実力（女子力）を測っているとは誰も思いもよらなかっただろう。

（き、金髪碧眼《きんぱつへきがん》、なんて可愛い子なの⁉　それにこの優《やさ》し気《げ》な雰囲気……祐人がこんな子と知り合いなんて、聞いてないわよ！）

（き、綺麗《きれい》な人。それに優秀《ゆうしゆう》オーラがすごい。こ、これが祐人さんの幼馴染なんて）

笑顔《えがお》の茉莉とマリオンは、自然なタイミングで互いの目を外すと教室前方に顔を向けた。

（只者《ただもの》ではない！）

その二人の様子を正確な形で理解することが出来ている瑞穂は、若干引《ひ》き攣《つ》った顔で見ていたが、瑞穂とマリオンの間に花蓮がドンと腰を掛け、何故か自信に溢《あふ》れた態度で腕を組んでいる。

一見、幼女と見間違《みまちが》えそうなほど小柄《こがら》な花蓮だが、その妙《みょう》に横柄《おうへい》な態度に気圧《けお》される。

花蓮はニマ～と笑い、瑞穂とマリオンを交互《こうご》に見た。

と言っても、髪《かみ》の毛《け》がかかり目は見えないが。

「私のことは花蓮でいい。よろしく」

「あ、よろしくお願いします。花蓮さん、私もマリオンでいいですよ」

「わ、私も瑞穂でいいわ。よろしくね」

「うむ！」

「「……」」

花蓮たちの挨拶を横目に祐人は腰を掛けようとして、隣に座るニイナに視線を向ける。

ニイナはこちらを見ていないが明らかに視野の中に祐人を収め、意識しているように見えた。

（挨拶をしなくちゃ。でも、なんて挨拶を？　僕のことは覚えていないはずだから、やっぱり、初めまして、かな）

ニイナは自分が近づいて来ている時からこちらを観察するように見ていた。祐人はその視線に気付いていたが、ニイナに視線を移すと目を逸らされてしまう。

それで祐人もミレマーでのこともあり、自分を忘れているはずのニイナへの対処に困った。

だが、祐人は思い直す。

こんな弱気はおかしいと。

彼女《かのじょ》は忘れていても、自分はニイナを知っている。

(勇気を持て、僕。たとえ忘れられていても、初めまして、じゃない。ミレマーで僕らは会っているんだ。今のニイナさんは、ちょっと、僕を忘れているだけだ)

今まで祐人は人に忘れられた時、このように考えたことはなかった。

今、このように考えることが出来るのもやはり、自分を忘れた瑞穂とマリオンが自分を自力で思い出してくれたことが大きい。

それは祐人にとって人と繋《つな》がるための行動を起こすのにとても大きな勇気を与《あた》えていた。

「ニイナさん、久しぶり。短い間だけどよろしくね」

「え!?」

祐人に声をかけられ、そして、そのかけられた言葉の内容にニイナは驚愕する。

「な、何故、私の名前を?」

　このニイナの当たり前の反応に祐人は、一瞬だけ寂し気な表情を見せるが、すぐにそれをかき消してニッコリ笑った。

「あはは、覚えてないかな？　実は僕も瑞穂さんたちとミレマーに行ってたんだよ。その時にニイナさんとは顔を合わせているんだけど」

「え!?　そうなんですか!?　それは申し訳ありません、私、大変、失礼なことを」

　祐人の言う、その内容にニイナはさらに驚き、慌《あわ》てて頭を下げる。

（あ、それでさっき私はこの人が気になったのかしら？　でも、この話が本当なら、そんなに昔の話じゃないわ。それで忘れているなんて。それほど関《かか》わらなかったか、余程《よほど》、印象が薄《うす》かったのね）

「あ！　全然、気にしないで。ほら、僕《ぼく》はなんて言うか、そう！　影《かげ》が薄いから、こんなことはよくあるというか……慣れてるから！」

　祐人のアタフタした態度と自虐的《じぎゃくてき》に見えるフォローにニイナは一瞬、祐人に顔を向けると……思わず吹《ふ》いてしまった。

「自分で影が薄い、って、面白《おもしろ》いですね、堂杜さんは。でも、きっとその通りですね！　あ……」

（私、失礼なことを言ってしまったわ！　何でこんな軽口を！）

ニイナはこのような場で、しかも相手は自分を覚えており、自分は相手を覚えていなかったという非が自分にあるにもかかわらず、簡単に失言をしてしまった自分に驚き、後悔《こうかい》する。

ニイナはミレマーの新政権の首領であり国家元首であるマットウの娘《むすめ》である。その立場上、どのような状況《じょうきょう》でも冗談《じょうだん》を言う時は慎重《しんちょう》に相手を選び、言葉も選ぶのだ。

それが、目の前の少年にいとも簡単に自分への戒《いまし》めを破らされてしまった。

ニイナは咄嗟《とっさ》にフォローを入れようとするが祐人は笑っている。

「あはは、やっぱりそうかな」

ニイナは祐人の笑顔を見て肩の力が抜け微笑《ほほえ》んだ。するとニイナは、何故か今、自分がこのほんの僅《わず》かな他愛《たあい》のない会話を楽しんでいることに気付く。

普段は自分の立場を理解し、限定した友人以外には警戒心《けいかいしん》を強く持っていたはずのニイナは、大して面識もないこの少年を前に素《す》の自分を出していることに驚いた。

そして、何よりもそれを自然に受け入れている自分に。

(不思議な人ね。多分、ちゃんと話すのは初めてのはずなのに)

祐人を見つめるとニイナは祐人の顔に吸い込まれるように視線を外せなくなる。

実はさっきもそうだった。一目見た時から、まるで許されるならずっと見ていてしまいそうなほどに自分の視線をこの少年は奪うのだ。

（な、何？　何なのかしら、この気持ちは）

ニイナは心臓の鼓動《こどう》も速まり顔と身体が熱くなっていくのを感じる。

頭を掻いて笑っていた祐人はニイナの様子の変化に気付いた。

「うん？　ど、どうしたの？　ニイナさん」

「先生、堂杜君が隣の人を泣かしています！」

唐突《とうとつ》に花蓮が手を元気よく上げてクラス中に響《ひび》く大きな声をだす。

「「「え⁉」」」

クラス中の視線が祐人とニイナに集中した。

確かにニイナは涙《なみだ》を流し、祐人をジッと見つめている。

祐人もニイナの突然の涙に激しく狼狽《うろた》えてしまう。

それは見方によっては祐人という恐怖《きょうふ》に震《ふる》えつつも、意地らしくその恐怖に負けまいとしている少女の絵に見えなくもない。

「いや！　僕は何も！　ただ、挨拶をしてただけで！　ハッ！」

祐人は慌てて誤解を解こうとするが、左側からくる三人の少女の凍気に驚く。

「祐人、あなた、もう。ここの女の子たちは男の子に耐性《たいせい》がないんだから、こちらが気を遣《つか》わなくちゃ駄目《だめ》でしょう！」

　茉莉がすぐさま立ち上がり、駆《か》け寄《よ》ってくるとニイナを祐人から守るように間に入り、ニイナを落ち着かせるようにニイナの肩に手を添《そ》えた。

「あ……」

「大丈夫ですか？　怖かったら私に言って下さいね。これには後で私から厳しく言っておきますから」

　茉莉はニイナを労《いたわ》りつつ、祐人の方を睨む。

「ご、ごめん、普通に挨拶をしたつもりだったんだけど……」

　茉莉と祐人のやり取りの中、ニイナは我に返ったように自分の右目から流れた涙を拭《ぬぐ》い、それをジッと見つめる。

（あ、私……涙を？　何で？）

「あらあら、ニイナさん、大丈夫ですか？　最初はこんなこともあるとは思っていましたけど」

　担任の先生が落ち着いた感じでニイナの様子を確認《かくにん》しにやって来る。

　ニイリもここで教室の雰囲気が異常なものになってしまっていることに気付き、慌ててしまった。

「あ、はい！　すみません、大丈夫です！」

「うーん、無理はしないでね。もし怖かったら席を替えますからね」

「い、いえ！　このままで、このままがいいです！」

席を替える、との言葉にニイナは即座《そくざ》に反応する。

「そう？　分かったわ、じゃあ、授業を始めますので皆《みな》さんもお静かに。白澤さんもありがとうございますね」

担任に席に着くように促されて茉莉は頷《うなず》き、ニイナに気遣いの視線を送ると席に戻《もど》った。

瑞穂とマリオンはニイナの心の内を窺《うかが》うように見つめ何も言わなかった。

当のニイナはというと涙目で肩を落としている横の少年を熱い眼差《まなざ》しで眺めていた。


この後、クラスのお嬢様《じょうさま》たちは一様に頬を上気させ、皆、モジモジしたようにチラチラと教室の後方に視線を送る。

その視線の先はすべて同じだ。

先程《さきほど》、ニイナの異変に気付いた直後、いち早くニイナのところに駆け付け、怖い男性からニイナを守るように動いた勇気ある行動をとった少女に向けられている。

茉莉は今、まさに乙女たちの夢にまで見た白馬の騎士《きし》として、その脳裏《のうり》に焼き付けられ

汗を流している。

授業が始まっても絶えることない、この異様な視線の集中砲火《ほうか》にさすがの茉莉も額から

たのだ。

（な、何？　この熱い視線は？）

そして、この噂《うわさ》が学院中に広まるのにさほどの時間も掛からなかった。

祐人たちが編入された一年一組の休み時間は非常に賑《にぎ》やかだ。

今、試験生である編入生の席にクラスの大半のお嬢様たちが集まっている。

それは試験生への質問攻《ぜ》めから、数々のお誘《さそ》いのオンパレードとなっており、まるで人気の芸能人が街中でファンたちに囲まれているようにひしめき合っている。

お嬢様がたの雰囲気も相まってそれは華《はな》やかで楽しそうに見える。

だが、祐人は一人、自身の席でガランとした自分の周囲を半目で見渡していた。

隣の席のニイナも席を外している。

（うん、誰《だれ》も来ないね。僕のところには）

先程のニイナの件でお嬢様がたの心を鷲掴《わしづか》みした茉莉の周りにはクラスの大半が集まり、大きな人だかりを作っていた。また、花蓮の周りでも茉莉ほどではないが、笑い声や色々

な話題が振《ふ》りまかれている。

「ちょっといいかしら」

その祐人に声がかかった。

祐人はドキッとしながらも声を上げる。

「はい！　もちろん！」

祐人はついに自分に声がかかったと喜びと緊張で後ろを振り向いた。

「昼休みに今後の相談をするから、校舎の屋上に来なさい」

そこには瑞穂が腕を組み、祐人を見下ろしている。

「あ……瑞穂さん」

「何よ、その悲し気な顔は！」

「そ、そんなことないよ！　わ、分かった、昼休みね」

「何？　祐人は他の女の子に声をかけられると期待していたの？」

「してないです！　びた一文！」

「何か不満でもあるんですか？　祐人さんは、ふふふ」

すぐ横にいつの間にか現れたマリオンが笑顔で見下ろしている。

「目が全然笑ってないんですけど」

「祐人、あなた、何故、ここに呼ばれたか忘れてないでしょうね。あなたは私に雇《やと》われてここに来ているのよ？　つまり、仕事で来ているの」

「も、もちろん、忘れてないよ！」

瑞穂とマリオンは並び立ち、不可視の気迫を放ちながら腕を組んでいる。

「ハハ……のハ」

乾《かわ》いた笑い声しか出てこない祐人。

そこで祐人はハッとして瑞穂に顔を向けた。

「そう言えば、瑞穂さん。ニイナさんが何でこんなところにいるの？　正直、驚いているんだけど」

祐人の質問に瑞穂とマリオンは互いに顔を見合わせる。

そして、瑞穂は嘆息《たんそく》するようにニイナが転校してきた経緯《けいい》を祐人に説明した。

「そうだったんだ、いや、びっくりしたよ。まさか、こんなところで……」

「そうね、ニイナさんが転校してきた時は私たちも驚いたわ。でも、ニイナさんは私たちのもう一つの顔を知っている信用のおける人だし、色々と頼《たよ》れるとは思うわ」

なるほど、と祐人は瑞穂の言うことを理解した。

本来の目的である呪詛《じゅそ》の調査の途上《とじょう》で色々とお世話になるかもしれない。

学校側に不自然と思われる行動を祐人たちがとった時にフォローもお願いできる。もちろん、一般人《いっぱんじん》であるニイナには極力迷惑《めいわく》はかけたくないが、正直ありがたいのは事実だ。

「そうだ、それと同じ理由で昼休みの時に一人、連れて来たい奴《やつ》がいるんだけど、いいかな。ちょっと紹介《しょうかい》しておきたいんだけど」

祐人の申し出に瑞穂とマリオンは首を傾《かし》げる。

「それは誰？」

「うん、今回、試験生として隣のクラスに来ている袴田一悟っていう奴なんだけど、唯一《ゆいいつ》、僕の家の事情を知っている人物なんだよ。今回の件でも協力してくれると言っている。もちろん、依頼の直接的な協力ではなくて、僕が動きやすいようにしてくれるというものだけど」

瑞穂とマリオンは祐人の話に眉《まゆ》を寄せる。

「その人は信用のおける人物なの？　口の軽い人物だったら」

「それは大丈夫だよ。大事なことについては口の堅《かた》い奴だから、信用してくれていいよ」

「確かに私たちも学校側に不審《ふしん》には思われたくないし、信用がおけるのなら……うん？　じゃあ、あの綺麗な子は、あなたの裏事情は知らないの？」

瑞穂は人だかりの中心で四苦八苦している茉莉の方にチラッと目をやった。

祐人は誰のことを指しているか理解して頷く。

「うん、知らない。前にも言ったけど、僕の家は極力誰にも知られないようにしてきたからね。一悟が僕のことを知ったのは、なんと言うか、色々と重なって知られたもの……というより一悟には伝える気になったんだよ、僕が。だから、主に一悟のフォローは茉莉ちゃんたちに、僕のことがばれないようにしてくれるものになると思う」

祐人の話を聞き、瑞穂とマリオンは若干《じゃっかん》考えるような顔をしたと思うと、ブツブツ独り言のように呟《つぶや》く。

「そう、あの幼馴染は知らないのね、祐人のことを」

「知らないんですね。祐人さんから伝えられてもいない」

二人の様子に祐人は何だろう？　と見つめている。

「そちらの事情も分かったわ。じゃあ、その人も連れて来なさい。祐人のことをあの幼馴染に知られないようにするのは重要な役割だわ。じゃあ、そこで大まかな役割分担と今後の調査について意見を交わすわよ」

マリオンも大きく頷いた。

「そうですね！　白澤さんに能力者であることを知られないようにしてもらわないと！あ、もちろん、祐人さんが動きやすいようにですよ」

「う、うん」

心なしか二人の機嫌《きげん》がよくなったように見える。

というより余裕《よゆう》が生まれたという感じか。

「それと祐人、あとで改めて私たちにあの幼馴染を紹介しなさいね」

「そうですね。先程、挨拶はしましたけど祐人さんから正式に紹介してください」

妙ににこやかな瑞穂とマリオン。

「あ、分かった。そのつもりでいたんだけど、あの調子で、中々近づけない感じだったから」

「瑞穂さん、何の話をしているんですか?」

ニイナが教室に帰って来た。

「あ、ニイナさん、今、祐人とちょっとね」

「祐人……」

ニイナは瑞穂の祐人への親し気な呼び方に反応するが、すぐに納得したように頷き、小声になった。

「あ、そうですよね。瑞穂さんたちはミレマーで一緒……ということは、堂杜さんは瑞穂さんたちと同じ機関の」

ニイナは祐人たちを見渡《みわた》すと祐人たちも黙《だま》ってニイナを見つめ返す。

「そうなんですね。すみません、私は堂杜さんのことはあまり覚えてなかったんですが、そういうことなんですね。あ、大丈夫です、私はその辺のことには深入りしませんので」

そう言い、ニイナは微笑んだ。

そして祐人に顔を向ける。

「堂杜さんは裏方でミレマーのために動かれていたんですね。本当にありがとうございます。それなのにさっきはご迷惑をおかけしました」

ニイナは祐人に頭を下げた。

「あ、ニイナさん、気にしないで下さい。僕はまったく気にしていませんから」

瑞穂とマリオンは何とも言えぬ表情でその姿を見つめている。

祐人は慌ててニイナに声を掛けるとニイナは屈託《くったく》なく笑う。

「はい、では気にしないことにします」

「え？　あはは、そうそう、それでお願いします」

普段と比べ、随分とニイナはくだけた応対をした。素のニイナを知っている瑞穂とマリオンはちょっと驚くが、何も言わず見ている。

それは何かを見守るような様子にも見えた。

ニイナはそこでピンときた、というような顔をする。

「ひょっとして、堂杜さんがここに来たというのは偶然《ぐうぜん》じゃないんですね。何か、理由があるのでしょう」

中々、鋭《するど》い。

瑞穂とマリオンは苦笑いをし、ニイナには「元々、今回の件は伝えておくつもりでいたから後で話すわ」と伝えた。

祐人たちは互いに頷くと休み時間の終了間際《しゅうりょうまぎわ》に、自分の席に戻っていった。

この様子をお嬢様たちの僅かな隙間《すきま》から茉莉は確認している。

そして、花蓮は前を向きながらニマ～と笑った。


午前の授業が終わり、昼休みになると学院の生徒たちは各々《おのおの》に食事をとりに動き出す。

聖清女学院の昼休みは一般《いっぱん》の学校よりも長く取られており、食事をとった後もゆっくりとすることが出来る。

祐人もお嬢様たちのお昼にお茶会を開きましょう、等の発言を聞いていたが、そんな悠《ゆう》長《ちょう》な時間があるのかと不思議に思っていた。どうやらこの学院の時間の割り当てのあり方から、それが可能だということを知って感心する。

（なるほど、さすが超《ちょう》お嬢様学校）

ほとんどすべての学院生徒は学院内に三ヵ所ほどある学食、と言うには非常に華美《かび》に感じられる有名レストランのような所に向かうようだ。

祐人は瑞穂に言われていた屋上に向かう前に一悟にメールを送り、移動を開始しようと立ち上がると瑞穂たちに顔を向けた。瑞穂とマリオンも祐人の方を見て頷き立ち上がる。

「どこに行くの？　祐人。一緒《いっしょ》にご飯を食べましょう」

「あ、茉莉ちゃん」

茉莉が食事を誘いに来た。

茉莉にしてみれば当然の行動。試験生として編入一日目で挨拶はしたが、周りは知らないお嬢様ばかりだ。ここは祐人と共に行動しようとするのは自然と言えた。

しかし、祐人は困ってしまう。

祐人にしてみれば、これからの時間がここに来た真の目的でもあるのだ。

茉莉には申し訳ないが、ここは断るしかない。

「あ、ごめん、茉莉ちゃん。ちょっと、これから用があって」

「用？　用ってなによ」

「そ、それは」

目を細める茉莉に、祐人はなんと伝えるべきか迷う。

（うーん、困った。本当のことは言えないし、かと言って納得してもらえる理由もないし）

「祐人は私たちと、ちょっと生徒会の方に用事があるんですよ、白澤さん」

明らかに狼狽《ろうばい》している祐人だが、横から瑞穂がフォローに入ってきた。

「え？」

茉莉は声をかけてきた瑞穂の方に振り向く。

そこにはマリオンと共にやって来た瑞穂が自然な笑顔を見せて立っていた。

「え？　生徒会？　あ、そうなんだよ！　頼《たの》まれてるの、用事を」

慌てて話を合わせる祐人だが茉莉は祐人の言うことなど耳に入っていない。

それよりも、突然《とつぜん》現れた瑞穂の艶《つや》やかな黒髪《くろかみ》と大和撫子《やまとなでしこ》のようでいて目力のあるその容貌《ようぼう》に息を飲んでしまっていたのだ。

茉莉は軽く会釈をしてきた瑞穂に慌てて会釈で返すと祐人に顔を向けて「誰？」という目をする。

瑞穂も祐人をジッと見つめる。

祐人は二人の目を受け、すぐにお互いを紹介した。

「茉莉ちゃん、この人が四天寺瑞穂さんで、ほら、前に言っていた派遣《はけん》の仕事先で知り合った友達だよ。それでこちらがマリオン・ミア・シュリアンさん。マリオンさんも仕事先で知り合ったんだ」

「初めまして、白澤さん。私は四天寺瑞穂と言います。祐人とはたまたま仕事が一緒で、知り合ったんです」

茉莉の額の筋肉が皮膚内《ひふない》でピクッと反応をする。

（祐人？　名前で呼ぶの？　お嬢様が？）

「それで、こちらが白澤茉莉さん。同じ高校で幼馴染なんだ」

「初めまして。白澤茉莉です」

「改めまして、マリオン・ミア・シュリアンです。よろしくお願いしますね。祐人さんにはとてもお世話になっています」

マリオンも軽く頭を下げる。

（とてもお世話に？）

茉莉の目に外からでは確認できない光が灯《とも》る。

「はい、こちらこそよろしくお願いします」

茉莉も頭を下げると三人の少女たちは互《たが》いに目をやり、笑顔を見せる。

その横でようやくお互いを紹介することが出来たとホッとする祐人。

「あ、堂杜さん、私にも紹介をして下さい」

するとニイナが笑顔で声をかけてきた。

祐人も、そうだった、という感じでニイナにも紹介をする。

「あ、茉莉ちゃん、こちらがニイナ・エス・ヒュールさん。えっと、ニイナさんは仕事の派遣先で雇ってくれたことがあって知り合ったんだ。それでニイナさん、こちらが白澤茉莉さんね」

「よろしくお願いします。ニイナ・エス・ヒュールです」

茉莉は小柄で華奢《きゃしゃ》なニイナに目を見張る。

（こ、この子も知り合い？　しかも、この子も可愛《かわい》い。な、なんで祐人の周りにこんな子ばかり！）

「白澤茉莉です。よろしくお願いしますね」

茉莉はニイナにお辞儀《じぎ》をした。

茉莉、瑞穂、マリオン、ニイナは互いに微笑みながら向かい合った。

だが……、
瑞穂は茉莉を間近にみて内心、穏《おだ》やかではなかった。

（こんな、そこにいるだけで耳目《じもく》を集めそうな子が祐人の幼馴染ですって？　しかも、今でも同じ高校で繋がっていて？　一体、なんの冗談よ！）

マリオンも笑顔でいるが……、

（やっぱり、綺麗です。こんな人がずっと祐人さんの傍《そば》にいたんですか？）

ニイナは今までに感じたことのない心の騒めきを覚える。

（何かしら、この感じは。でも、ここから立ち去るわけに行かない気がする）

茉莉はというと……、
この三人を見てモヤモヤした感情がとりとめもなく湧《わ》き上《あ》がってきている。

（知り合いってだけよね？　だって祐人だもんね。でも、こんな超級の女の子たち三人と知り合いになるってどんな縁《えん》よ。派遣のような仕事って一体、どんな仕事よ。これは絶対に調べなくては！）

祐人は順調に茉莉たちの紹介が終わって、取りあえず胸を撫《な》で下《お》ろしていた。

「茉莉ちゃん、お昼の件だけど僕は生徒会の用事があるから……」

「「「「キッ」」」」

「にょん！」

凄《すさ》まじい四つのプレッシャーに後ろに仰け反り、転がりそうになる祐人。

今、祐人は確かに持国天《じこくてん》、多聞天《たもんてん》、増長天《ぞうちょうてん》、広目天《こうもくてん》の姿が見えた。

（何、何、何？？？　ってあれ？）

祐人が前を見ると、そこには、にこやかな少女たちがいるだけ。

（あれ？？　幻覚《げんかく》？　白昼夢？）

その四人が集まっているところにクラスのお嬢様がたから感嘆《かんたん》の声が上がっている。

「まあまあ、見てください、あちらを」

「え？　まあ！　なんて素敵《すてき》なのかしら。あの四人がお集まりなさって」

「ええ、あそこだけ別世界のようですわ！」

「なんて華やかなのかしら！」

「白澤さんが来てくださって本当に良かったですわ」

「ええ、本当に！」

「白澤さんをご昼食に誘いましょう！」

と、変わらず、にこやかな四人の少女たちはいつの間にか注目を集めている。

すると、笑顔のまま瑞穂は祐人に顔を向ける。

「祐人、先に行ってて。場所はさっき伝えたところよ」

「う、うん、分かった。じゃあ、あとで！」

祐人は誰もが羨《うらや》むその場所から逃《に》げ去《さ》るように体を翻《ひるがえ》すと一悟と合流するために隣《となり》のク

ラスに向かった。

花蓮は一人机に座《すわ》っていると数人のお嬢様に昼食に誘われて嬉《うれ》しそうに立ち上がる。

どうやら食事が楽しみらしい。

花蓮はお嬢様たちの後について、依然《いぜん》として微笑みあっている四人の少女たちの後ろを素通《すどお》りし、廊下《ろうか》に出ると隣のクラスに向かった祐人の姿を確認してニマ～と笑った。

すると、花蓮はスッと笑《え》みを止める。

そして、廊下から窓の外を眺《なが》めた。

窓の外には見事な洋風の庭園が広がっている。

「危ないのが……来ている」

「え？　花蓮さん、どうかされました？」

「何でもない。ご飯、楽しみ」

「まあ、花蓮さんは愛らしい」

花蓮は前を向くと再びニマ～と笑った。

「なんだよ、誰もいないじゃないか。それにいいのか？　勝手に屋上に来て」

一悟は祐人に連れられ、校舎の屋上に来るとぼやいた。

「ここに来るように言われたんだよ。昼食時は誰も来ないからって言ってたよ。あ、そう言えば水戸さんは？」

「ああ、水戸さんはお嬢様たちからお誘い攻勢《こうせい》を受けて困ってたよ。あーあ、俺《おれ》も一緒に行きたかったなぁ。そこからお嬢様方と仲良くなる突破口《とっぱこう》になるのに……」

静香はその気さくな態度が好印象で隣のクラスでも人気らしい。一悟も悪い印象ではないらしいが、お嬢様たちにとって一緒に男子と食事というのはまだハードルが高いらしい。

「で、そちらはどうなんだ？」

「ああ、何というか、茉莉ちゃんがすごい人気で……」

「ははは、白澤さんはすげーな。どこに行っても人気者は人気者ってことだな」

「うん」

「それで、祐人の仕事仲間は紹介したのか？」

「ああ、したよ」

「どうだった？」

「どうって？」

「だから、白澤さんの反応だよ」

「うーん、普通《ふつう》に、にこやかにしてたよ？　ただ、ご飯を一緒に行くのを断ったから、ちょっと怪《あや》しがっているような感じだったけど」

「ほほう……にこやかね。まあ、いいや。それと白澤さんのことだ。もうこちらのことを少しおかしいと感づいているかもな」

「え、そうかな⁉」

「ああ、間違《まちが》いない。特にお前はすぐに顔に出るからな」

「う……」

「まあ、フォローは入れておくわ。それだけ人気があるならお前たちと引き離《はな》すことぐらいは出来そうだしな」

「う、うん、頼んだ」

「祐人、待たせたわね」

会話の途中《とちゅう》、背後の扉《とびら》が開き、瑞穂とマリオンがやって来た。

そして、その後ろにはニイナもいる。

「あ、瑞穂さん。え⁉　ニイナさん！」

ニイナも一緒に現れたことに祐人は驚《おどろ》いてしまった。

「ええ、瑞穂さんと相談して、ニイナさんにも来てもらった方が余計な説明も省けると思いまして」

ニイナは祐人たちが能力者なのはすでに知っている。どの道、今回のことも話す予定であったことでもあるし、考えてみれば、今ここに来てもらうことに別に問題はない。

因《ちな》みに茉莉はあの後、大勢のお嬢様たちに囲まれ、食堂へ連れて行かれたらしい。

「そうか、そうだね。あ、紹介するよ、こっちが話をしていた袴田一悟」

「袴田一悟だ、よろしく！」

「四天寺瑞穂よ」

「マリオン・ミア・シュリアンです。よろしくお願いします」

「私はニイナ・エス・ヒュールです。私は能力者じゃないので袴田さんと同じ立場ですね」

簡単な挨拶《あいさつ》を済ませると一悟は三人の少女を見渡し、何とも言えない表情を見せる。

（こりゃあ……すごいな。これじゃ、白澤さんも心中穏やかではいられないわ。しかし、こんな希少な綺麗《きれい》どころが何でまた祐人の周りに……）

一悟は無言で祐人の頭を殴《なぐ》る。

「痛！　何だよ、一悟！」

「何でもない」

何にもない屋上なので気を利《き》かしたマリオンは持参したトートバッグから大きめのレジャーシートを取り出して床《ゆか》に広げる。

「立ち話も何なので、こちらでお話ししましょう。お茶だけは用意してきました」

「おお、マリオンさん、ありがとう」

マリオンの広げたシートに全員が座る。

「じゃあ、早速《さっそく》だけど祐人。呪詛の発信源の調査についてだけど」

瑞穂が口を開き、祐人は真剣《しんけん》な顔で頷いた。

「うん、まず、これからすることを簡単に説明すると……全部調べてもらう」

「全部？」

瑞穂が眉を寄せて聞き返すと祐人の話に全員が注目する。

「うん、そうなんだ。呪詛をかけられた人間の地位や立ち位置、家族構成、交友関係、普《ふ》段《だん》の趣味《しゅみ》趣向《しゅこう》から生活パターン、全部だよ。まあ、優先順位としては地位、立ち位置、家族構成からかな。そして、僕らが持つべき視点は呪詛にかけられた人間が不幸になることによって得をする人物、もしくは組織を常に意識すること」

「うわぁ、なんだか探偵《たんてい》や刑事《けいじ》みたいな仕事だな」

「いや、一悟の言う通りだよ。能力者と言ったって、常に目的や意図があって事象を起こすんだよ。何の理由もなく事は起きない」

「愉快犯《ゆかいはん》だったら？」

「その可能性も否定はできない。もしそれだと一番厄介《やっかい》で絞《しぼ》り込み対象が異様に広くなってしまうね。ただ、その場合は愉快犯なら必ず他《ほか》にも呪詛を仕掛《しか》けているはずだ。そういった似たような被害者《ひがいしゃ》を探すしかない。でも、それでも必ず術者の思考パターンや志向があるから、そこから辿《たど》って犯人を絞っていく。だから、みんなで色々な視点で話し合うのは、すごく重要なんだ」

祐人の話を聞くと、とりとめもない話に聞こえ、瑞穂たちは顔を曇《くも》らす。

「まず僕の予想だけど、今回の件は愉快犯ではない可能性が高いと思ってる」

「何故《なぜ》です？　祐人さん」

「うん、先日聞いたその法月さんの容態だけど……そこから想像するにこの呪《のろ》いは非常に強い呪詛だよ」

祐人は深刻そうな顔をし、瑞穂とマリオン、そしてニイナも胸に痛みを感じて唇《くちびる》を引《ひ》き締《し》めた。法月秋子《ほうづきあきこ》は総合病院に搬送《はんそう》された後、あらゆる検査でも異常は発見されず原因不明の病気として大学病院に転院した。

何よりも深刻なのは体の衰弱《すいじゃく》が酷《ひど》いらしいことだ。

「呪詛だけで相手の命を奪《うば》うほどのものは僕は聞いたことがない。呪詛による二次災害で事故や自殺で亡《な》くなる例はあるけど呪詛自体でそこまでの力はないはずなんだ。そう考えると今回の呪いは最高ランクに属するほどの強さだよ。ということは、術者はぽっと出の、にわか術者じゃない。愉快犯になる呪術者《じゅじゅつしゃ》は大抵《たいてい》、力を得たばかりの、力を試《ため》してみたいと思う素人《しろうと》に毛が生えた連中が多いからね」

「じゃあ、この呪いは……」

一悟が顎《あご》に手を当てる。

「うん、プロの仕業《しわざ》と考える方がいいと思う。ということは必ず狙《ねら》いがあるはずだ。その狙いを少しでも掴《つか》み、予想を立てていく」

「それで相手が絞り込めたらどうするのよ、祐人」

「もちろん、直接、乗り込んで術者を叩《たた》く。最悪でも術に使った祭器や触媒《しょくばい》を浄化《じょうか》、破壊《はかい》をする。そうすればこの呪詛は消える」

その祐人の言葉に一悟とニイナは緊張《きんちょう》した顔になる。一悟とニイナは能力者ではない。だから、相手を特定した後のことについては力になれないだろう。だが、今、自分の友人がその得体の知れない術者と最終的には戦闘《せんとう》を辞さないと言っている。

正直言うと現実離《ばな》れをしていて、いや、だからこそ二人は恐《おそ》ろしくも感じてしまった。

「それと今言うことではないかもしれないけど、考えられることとして最悪な場合がある。これは相手を絞りこめたとしても大問題になることなんだけど」

「それは……何よ、祐人」

「相手が強大な能力者集団、もしくは組織に所属している場合だよ」

「……！」

「まだ分からないよ。ただ、こういう可能性はあるんだ。依頼《いらい》を受けて呪詛をこなすような組織だってある。この場合は敵が分かったとしてもそう簡単には手を出せない。こちらの戦力と敵の抱《かか》える戦力、こういった情報も収集、分析《ぶんせき》しないと返《かえ》り討《う》ちに遭《あ》う可能性もある」

祐人はマリオンの用意してくれたお茶を飲む。

「まあ、これは先走りしすぎかもしれないけどね。ただ、呪術師は一般的《いっぱんてき》に戦闘向きではないから、単独で依頼を受けていないこともあり得るってだけだよ。用心棒の存在とかね」

祐人はそう言うと、若干俯《うつむ》きかけている瑞穂とマリオンに笑顔《えがお》を見せた。

「でも、まあ、大丈夫《だいじょうぶ》だよ。瑞穂さん、マリオンさん」

「え？」

瑞穂とマリオンは顔を上げる。

「だって僕《ぼく》たちを誰だと思う？　あのミレマーで死線を掻《か》い潜《くぐ》ってきた瑞穂さん、マリオンさんに対抗《たいこう》できる能力者なんてそうはいないよ。しかも、今の話は全《すべ》て仮定の話。絶対、瑞穂さんたちの友達を助けよう！」

　瑞穂とマリオンはその祐人の言葉に……体が軽くなったような感覚になる。

「ふう……ふふふ、そうね。まったく祐人はこういう時、いつも性格が悪いのよ」

「そうです。何通りかの事態を既《すで》に予想しているのはさすがですけど、いつも最悪の事態のことばかり話すんです！」

「あはは……そ、そうかな？」

　そこに一悟が声を上げる。

「それはあれじゃね？　こいつの周りは基本的に最悪の事態しか起きないから思考が腐《くさ》ってんだよ。祐人の人生ゲームは軽くインフェルノモードだからな」

「何ですと!?」

　一悟と祐人の掛け合いにニイナは吹《ふ》き出《だ》してしまう。

「堂杜さんは、それっぽいですよね。いつも、平穏《へいおん》がなさそう」

「ああ、分かってもらえる？　ニイナさん。こいつが最悪なのはそのとばっちりをこちらにも飛ばすというところなんだよ。だからニイナさんも気を付けてね。俺はそりゃあもう、ひどい目にあってるから」

「ふふふ、はい、気をつけます」

「ちょっと！」

「まあ、いいわ。戦いになると言うなら心置きなく暴れるわよ。私の知り合いに手を出したことを心から後悔《こうかい》させるわ」

「はい、私もです」

瑞穂は不敵に笑い、マリオンも胸の前に両手で拳《こぶし》を作る。

「何はともあれ、調査ということね。祐人に言われて法月家のことについては明良に頼んであるから、もうすぐ調査結果が来ると思うわ。それからはどうするの？　祐人」

「うん、念のため学院の中で休んでいる人のリストが欲《ほ》しいかな。それとその原因と理由も。あとは法月さんの交友関係も一から洗おう。それと、マリオンさん」

「はい」

「大変だと思うけど、学院敷地内《しきちない》に邪気《じゃき》がないか調べてくれる？　僕も呪詛のスペシャリストではないけど、もしかしたら呪詛の中継《ちゅうけい》地点や中継人物がいるかもしれない」

「分かりました。敷地内は広いので数日かかると思いますが。それと中継人物？」

「うん、過去に僕が経験した呪いなんだけど、相手を呪うのにその人物の所持品や髪《かみ》の毛《け》等の身体の一部を使うことはよくあるんだけど、たまに被害者へ悪感情を持っている人間を利用してくる場合があるんだ。そうすることで呪詛を強めていることもあり得る。中継にされている本人は気付かないけどね」

「ということは秋子さんと仲が悪い人物とかを探すんですかね？」

「それが一番、分かりやすいかな。このお嬢様たちが通う学院では可能性は低いかもしれないけどね。まあ、法月さんの交友関係調査のついででいいから」

「分かりました！」

「後は……」

「俺たちか？」

「そうだね、一悟とニイナさんは僕たちが動きやすように、さり気ないフォローをお願いするよ。ちょっと、巻き込んでしまって申し訳ないけど」

「気にすんな、お前のとばっちりには慣れてる。やっぱり白澤さんと水戸さんが厄介だから、その辺を中心にフォローするわ。これは法月さんっていう女の子が苦しんでいるからな。それは俺も許せんわ。男なら我慢《がまん》させるが」

「はい！　私は先生とかに気を付けておきます」

「ありがとう！　じゃあ、まずはこれで動こう。それで何か掴《つか》んだらすぐに共有しよう。場合によっては瑞穂さんの四天寺家の力を借りて、僕も頼りになる友人たちがいるから、そちらにもお願いもしてみる」

「え？　祐人さんの友人って？」

「は？　頼れる友人？　誰よそれ」

マリオンと瑞穂が祐人からは想像できないセリフに違和感《いわかん》を覚える。

その途端《とたん》、横にいる一悟が異常に引き攣《つ》った顔になる。

「お前、まさか、それは……」

「うん。いや、場合によってはだよ」

「何？　誰《だれ》なの？　言いなさいよ」

瑞穂は一悟の反応も含《ふく》め、気になって仕方がない。

「いや、何というか……」

マリオンも気になる。

「教えてください、祐人さん」

「いや、それが……人間ではないんだけど」

「「は？」」

ニイナも含めて呆気《あっけ》にとられる。

一悟は顔を両手で覆《おお》い、さめざめと肩《かた》を震《ふる》わせながら祐人の代わりに応《こた》える。

「祐人と仲がいい、息するトラブルメーカーさんたちだよ。いや、俺の黒歴史を作った、歩くトラウマメーカーさんとでも言うかな」

「一悟！　いや……否定が出来ないのがつらいけど」

肩を落とす一悟の説明に余計、訳が分からなくなる瑞穂たちだが、祐人からたどたどしく説明を受けると瑞穂とマリオンは驚愕《きょうがく》する。

「あ、あなたは、どこまで非常識な。何で言わなかったのよ！」

「こんなこと……有数の契約者《けいやくしゃ》の家系でも聞いたことがありません！」

「ぼ、僕も契約のこととかよく分からないし、そもそも何で契約してるのかも謎《なぞ》で」

その横ではニイナは考え込むような仕草をする。

「人外？　人ではない者……」

（ミレマーに現れた救世主たちは皆《みな》、人間離れした力を持っていたって聞きました。堂杜さんはミレマーに来ていたと言っていましたし……まさか）

祐人は「ははは……」と額から汗《あせ》を流し、瑞穂とマリオンの視線を全身で受ける。

——この時である。

凄まじい殺気と圧迫《あっぱく》感に祐人の顔が強張《こわば》り、祐人の全身が粟立《あわだ》った。

祐人は殺気が放たれたと思われる方向に振《ふ》り返り、同時に仙氣を練り上げる。

これは気を抜《ぬ》けばあっという間に命を失う戦場で身につけた無意識的行動だ。

「どうした？　祐人」

一悟の言葉に顔を戻《もど》したときには祐人は戦士の顔になっていた。

魔界《まかい》で数多《あまた》の死線を潜り抜けてきたはずの祐人がすぐに全力を出すことを決断する。

（これはヤバい……ヤバい奴《やつ》がいる！　どこだ！　どこから見てる⁉）

「みんな気をつけて！　瑞穂さん、マリオンさん、警戒《けいかい》して！　一悟、ニイナさんは僕らの後ろに！　でも離れないで！」

逃げろとは言わない。むしろそちらの方が危険かもしれないのだ。

祐人のその声は戦場で出す声色《こわいろ》そのものであった。

「⁉」


この数分前。

聖清女学院の広大な敷地《しきち》の東端《とうたん》に位置する林の木の上で眼鏡《めがね》をかけた男が口を開いた。

「あそこにいる金髪《きんぱつ》の娘《むすめ》が、ターゲットです。燕止水《えんしすい》、いや、死鳥《しちょう》、やってくれますね？

ここにいる私たちも加勢しますので、あなたのタイミングで指示を下さい」

「……」

話しかけられた男は枝の上で胡坐《あぐら》をかき、無言で校舎の方を見つめる。

今、木々の上にいるのは五人。各々《おのおの》の服装に迷彩服《めいさいふく》の上着を着こんだ黄色人種の男が四人と上下黒を基調とした姿の男が遥《はる》か前方の校舎屋上に顔を向けている。

それぞれの風貌《ふうぼう》から男たちの年齢《ねんれい》は三十〜四十歳《さい》前後というところ。

一見するとばらついた集団にみえるが一つだけ共通するものがある。

それは、それぞれが異様な気配を纏《まと》っており常人とは何かが違《ちが》う、ということだ。

燕止水と呼ばれた男以外は電子双眼鏡《そうがんきょう》でその屋上の様子、祐人たちをつぶさに確認《かくにん》している。木々の上に大の大人が五人も潜《ひそ》んでいるのだが、その姿はどういう訳か影《かげ》のようになり視認《しにん》できない。

「おい！　聞いてんのか、死鳥！」

止水の後ろから目つきの鋭い男が凄《すご》む。

止水はその切れ長の目で凄む男を一瞥《いちべつ》すると前を向いた。

止水だけは他の四人とは違い、木の小枝の上に胡坐をかいている。

止水の百八十センチを超《こ》える身長から考えて、明らかにそのような小枝に乗れる体重ではないはずだ。だが、止水を支えるその小枝はまるで止水という存在を無視するように微《び》動《どう》だにせず、辺りにゆるい風が生じるとその小枝は止水と共に揺《ゆ》れた。

「……帰るぞ」

止水はその小枝の上で立ち上がる。

「ああ⁉ ふざけんな！ これだけのメンバーが揃《そろ》ってんだ。今、やっちまえば良《い》いだろうが！ あんな小娘《こむすめ》を攫《さら》うのにどれだけ慎重《しんちょう》なんだよ。死鳥、お前、ビビってんのか？」

「まあ、待て、毒腕《どくわん》。伯爵《はくしゃく》様からの命令も燕止水に従えというものだ。彼《かれ》が帰るというのなら今は引き上げる。それにお前もあの娘たちを舐《な》めない方がいい。あれで機関のランクAだ。実力は先のミレマーでも証明されている。下手に攻《せ》め込めば、こちらも痛い目にあうぞ」

「はん！ 百眼《ひゃくがん》、俺はこんな野郎《やろう》、そもそも認めてねーんだよ。こんな仕事なんぞ闇夜之《あんやの》豹《ひょう》だけで十分だろうが。それに機関のランクなんぞ当てになるか。つまらん試験で俺たち能力者の真の実力が測れるかよ。それを伯爵様に教えてやるんだよ！」

毒腕から伯爵という言葉がでると止水は「フッ」と鼻で笑った。

その止水の態度を見逃《みのが》さず、毒腕は激高する。

「テ、テメー。伯爵様を馬鹿《ばか》にしてんのか⁉ ああん！」

「止《や》めろ！ 毒腕」

「いいだろう。好きにしろ」

「はん？」

止水はターゲットのマリオンを含む若者たちを鋭い目で睨《にら》んでいる。止水には電子双眼鏡がなくとも、それぞれの少年少女の細かい表情まで見てとれていた。

しかし、止水の視線は今、何やら話をしている少年だけに注がれている。

「だから好きにしろと言っている。闇夜之豹が、お前が言うほどの実力なら、今、行ってあの娘を攫ってくればいい。それが出来るのならな」

毒腕は止水の抑揚《よくよう》のない言葉に拳を握《にぎ》りしめた。

「いいだろう……やってやるよ」

「毒腕、冷静になれ！　やる時は同時に動く。勝手な真似《まね》は許さん。あそこにいる精霊使《せいれい》いは四天寺家に連なるものだ。簡単ではないんだぞ！」

百眼は毒腕を制止するが、毒腕は後ろにいる二人に目配せをし、百眼と止水を除いた三人がその場から姿を消した。

「な、馬鹿どもが！」

百眼と呼ばれた男は同僚《どうりょう》の軽挙妄動《けいきよもうどう》に歯噛《はが》みする。

「死鳥、何故、許したのですか。これでは成功しても国元から後処理で文句を言われてしまいますよ」

止水は返事をせず、毒腕たちが向かった屋上の方を見つめている。

「それに、毒腕はあなたを侮《あなど》っていましたが、言っていることは間違っていないところもあります。少々強引《ごういん》ではありますが、死鳥とまで呼ばれたあなたがいれば、今、あのターゲットを攫うことも可能でしたでしょう。それを何故、このような作戦も何もない短慮《たんりょ》を許したのですか？」

「そんな簡単ではない」

「は？」

「力は貸してやる。だが見ていろ」

そう言うと止水は口元で右手の人差し指と中指を縦に添《そ》えてギンッと目を見開いた。

祐人が皆を守るように両手を構えた瞬間《しゅんかん》、全身を砕《くだ》くような殺気が祐人を襲《おそ》った。

(何だ⁉　しまっ……氣当りか！　体が動かない！)

祐人の身体が石にでもなったように固まり、それと同時に心が恐怖《きょうふ》に染まっていく。

だが、祐人は瞬時に臍下《せいか》丹田《たんでん》に蓄《たくわ》えた氣を全身に巡《めぐ》らした。

「はあっ！」

気迫《きはく》を放つと祐人はすぐに自由を取り戻す。

「な、何⁉　どうしたの、祐人」

何の前触《まえぶ》れもなく、突然に祐人の雰囲気《ふんいき》が変わったことに瑞穂は驚く。

この時、祐人の耳に空気の切《き》り裂《さ》き音が入った。

「みんな伏《ふ》せろぉ！」

「え⁉」

空気を切り裂く音は真《ま》っ直《す》ぐ祐人に向かっている。だが、そのコースは祐人が躱《かわ》せばマリオンに直撃《ちょくげき》するコースになっていた。

祐人の目に力が籠《こも》ると硬気功により鋼《はがね》のようになった手刀で眼前を薙《な》ぎ払《はら》った。すると祐人の前に匕《ひ》首《しゅ》が弾《はじ》け飛《と》んだ。

床に転がった暗器を見ると、そこにいる全員がようやく顔色を変える。

ニイナからは息を飲むような悲鳴が上がり、一悟も事態が掴めずに呆然《ぼうぜん》としていた。

「瑞穂さん、マリオンさん、ニイナさんと一悟をお願い！」

「分かったわ！」

「はい！」

祐人の指示に即座《そくざ》に反応し、迎撃《げいげき》態勢を整える二人の少女の行動は実戦で培《つちか》われたものだ。

瑞穂とマリオンはニイナと一悟を背後に移動させ、辺りを警戒すると同時に瑞穂は探査風を屋上全体に飛ばして攻撃《こうげき》を仕掛けてきた謎の敵を索敵《さくてき》する。

「何なのよ！　一体！　祐人！」

「分からない！　でも油断しないで！」

祐人は瑞穂たちの前に立つと仙氣を練り、視線だけで周りを確認する。

（一、二……三人！　うん？　この中にさっき感じた奴はいない？）

祐人が敵の人数を把握《はあく》したと同時に瑞穂の探査風にも反応が見られた。

「来るよ！」

祐人の発声と同時に瑞穂とマリオンの左右の上空から京劇で被《かぶ》るような仮面をつけた男たちが忽然《こつぜん》と現れる。

男たちの手の甲《こう》は獣《けもの》のような毛で覆われ、手の爪《つめ》は人間のものではなく熊《くま》のように鋭《するど》い。

祐人は体を翻して瑞穂たちの援護《えんご》に入ろうとした瞬間、先ほど飛来してきたものと同じ匕首が二本、祐人目がけて飛んでくる。

またしても匕首の飛来コースはすべて祐人と瑞穂、マリオンを結んだ直線コースに重なっていた。躱せば瑞穂とマリオンに向かうようになっている。

祐人は顔色を変えずに右回《まわ》し蹴《げ》りでその二つの暗器を迎《むか》えうった。だが、祐人の蹴りはその匕首にはクリーンヒットしなかった。

しかし祐人は止まらずに体を翻し、背後の瑞穂とマリオンに向かう。

「はん、馬鹿が！　恰好《かっこう》つけやがって！　空振《からぶ》りかよ！」

背後から小馬鹿《こばか》にしたような男の声が祐人の耳に入る。

だがすぐに、その男の声は驚愕する声に変わった。

先ほど祐人に向かって飛んできた匕首は、なんと瑞穂とマリオンを空中から襲わんとしていた獣のような男たちの肩に突《つ》き刺《さ》さったのだ。

祐人は飛んできた匕首を弾き飛ばすのではなく、わざと掠《かす》るように蹴り、その軌道《きどう》を瑞穂たちに襲いかかった男たちへずらしたのだ。

結果、仲間からの攻撃にあった男たちは突然《とつぜん》の激痛と飛来した匕首の勢いに肩を引っ張られ、自らの勢いも殺されて着地点にしていたはずの瑞穂とマリオンの手前で落ちた。

「なにぃ⁉」

その間に祐人が瑞穂たちの至近に到着《とうちゃく》。瑞穂たちと視線が交差する。

すると祐人の動きに合わせたように瑞穂とマリオンは体を屈《かが》めると、祐人の脇《わき》を通り抜けるように走り出した。

獣人のような男たちは、いつの間にか瑞穂たちと入《い》れ替《か》わって現れた祐人に気付き、すぐさま挟撃《きょうげき》態勢をとる。

しかし祐人は反撃を許さない。爪を振り上げる二人の獣人の間に入ったかと思うと両手を大きく左右に広げ、獣人たちのそれぞれの胸に手のひらを当てる。

直後、獣人たちの筋肉、体液、そして脳が激しく揺れた。

獣人たちの仮面の下から、血液の混じった透明《とうめい》な液がこぼれだし、二人の獣人はゆっくりと後方に大の字になって倒《たお》れた。

祐人と入れ替わった瑞穂とマリオンはついさっき祐人のいた辺りで止まると、瑞穂の周りに精霊たちが集まり出す。

「ク！　させるか！」

声は聞こえるが姿を現さない男が何かを仕掛けようとしているのが分かる。だが、瑞穂は構わず精霊を掌握《しょうあく》して術を完成させた。

マリオンは瑞穂の前に立ち目を瞑《つぶ》ると、その体を清浄《せいじょう》な霊力《れいりょく》が包みだした。

そのマリオンのやや前方の上空に仮面を被った毒腕がフワッと現れる。

毒腕は両腕《りょううで》に霊力を集中させると迷彩柄《めいさいがら》の上着の両袖《りょうそで》が肩から弾け飛んだ。すると、中から薄気味《うすきみ》悪《わる》い、黄緑色の膿《うみ》に包まれた両腕が現れる。

膿を飛ばしながら両腕を前方に突き出し、毒腕はマリオンに突っ込んだ。

(伯爵は五体満足でなくてもいいと言っている。両腕ぐらいはもらう。俺の腕に僅《わず》かにでも触《ふ》れれば終わりだ！　さあ、防御《ぼうぎょ》をして見ろ。俺の膿はすべての防御障壁《しょうへき》をも腐らせる。そこで精霊使いのために踏《ふ》みとどまっていろ……なに！)

瑞穂の前に立っていたマリオンが消えた。いや、横に自ら跳《と》んで避《よ》けたのだ。それと同時に瑞穂は後ろに跳んだ。

迎撃してくるとばかり考えていた二人に躱されて、マリオンのいたところの床に毒腕の腕が突き刺さる。

すると床が瞬時に黒色に腐食《ふしょく》していき、腐葉土《ふようど》のように柔《やわ》らかくなっていく。

(チッ！　外したか。だが、次はそうはいかん)

「もう終わりよ、あなた」

毒腕は自分の前にいる声の主の方に視線を移すと瑞穂が不敵に腕を組んでいる。

「馬鹿が……小娘がチヤホヤされて調子に乗りやがって！」

毒腕は目を吊《つ》り上《あ》げ、立ち上がろうとするが体が硬直《こうちょく》した。

「……え？」

床から腕が抜けない。

視線を下に移すと自分の腕を中心に魔法陣《まほうじん》が浮《う》かび上がっている。そして、その中から白く美しい手が毒腕の手と握手するように掴み、離さなかった。まったくビクともしない。

「な……!?」

「あ、すみません。不浄《ふじょう》を捕《と》らえるトラップを仕掛けました。エクソシストの間では天使の手って言われているんですよ」

横からマリオンが申し訳なさそうに伝えてくる。

まるでこれから起こることに同情しているかのようだ。

瑞穂は意地の悪い笑みを見せると組んでいた腕を解《ほど》きパチンと右手の指を鳴らした。

「ハアァァ！」

思わず悲鳴を漏《も》らす毒腕の両の手の指先から炎《ほのお》が上がる。さらにはその炎は毒腕の肩へ向かって伝わっていき、火力も大きくなっていく。

毒腕は目を血走らせて必死に腕を抜こうとするが、どうすることもできない。

「ヒッ！　ヌウ！」

「ククク、どう？　熱いかしら？　ほら、早くしないと自慢《じまん》の腕が炭になるわよ。まあ、その膿だらけの腕を炎で綺麗にしたほうが周りに迷惑《めいわく》をかけないで済むかしら？」

瑞穂は意地の悪い笑みを見せると後《うし》ろ髪《がみ》を払う。

そして瑞穂は、やったわよ、というようにドヤ顔で後ろにいる祐人たちに振り向いた。

だが……全員、ドン引きしていた。

「ええ⁉　何⁉　その反応は！」

「し、四天寺さん、怖え～。おい、祐人、いくら顔が良くても、こりゃあ……」

「ははは……」

ニイナに至っては涙目《なみだめ》でガタガタ震えるように祐人の腕にしがみついている。

「瑞穂さんって、瑞穂さんって」

想像と逆をいった味方の反応に今度は瑞穂が涙目になるとマリオンの方に振り向く。

するとマリオンはあらぬ方向を向いて天にお祈《いの》りをしていた。

「ちょっと、マリオン！　何を祈ってるのよ⁉　ずるいわよ、この連携《れんけい》を考えたのはマリオンなのに！」

「ちょっと、瑞穂さん！　誤解を招くようなことを言うのは止めてください！　私は足止めしたら好きに攻撃してくださいって言っただけです！」

「同じことよ！　この隠《かく》れドSシスター！」

「な、なんてことを！　さっきみんながドン引きしてたのは瑞穂さんが意地の悪い、邪悪《じゃあく》な笑顔をしたからです！」

「乙女《おとめ》の笑顔を邪悪ですって！」

二人の少女のやり取りを半目で見ていた祐人は恐怖で気絶してしまった毒腕に視線を移す。元々、何者なのか調べるつもりでいたので瑞穂も殺そうとは思っていない。

実際、瑞穂の炎の術も今は消えている。

祐人は気を失っている二人の獣人と毒腕の所持品を調べようとするが、歩きづらい。

何故《なぜ》なら、まだニイナが祐人の腕から離れないのだ。しかも、しっかり抱《だ》きついているのでニイナの心臓の鼓動《こどう》が伝わってくるほどの密着感が。

祐人はニイナを見下ろすとニイナは「なーに？」という感じで見上げている。

「ニ、ニイナさん？　ちょっと」

「あ……あ！　すみません！」

祐人の言わんとすることが分かり、ニイナは耳まで真っ赤に染め上げて祐人から離れた。

祐人もニイナの初々《ういうい》しい反応に顔が熱くなる。

すると横で、まだいがみ合っていたにもかかわらず、瑞穂とマリオンはこの祐人たちの様子を見逃さなかった。

「ニイナさん、はしたないわよ！」

「そうです！　ずるいです」

「ち、違います！　私は怖《こわ》くて無意識に」

そのかしましい少女たちの様子を見て一悟は驚愕の顔になった。

「な……んだと？」

一悟にはこの現状が信じられないのだ。

「マ、マジかよ、祐人のくせに。白澤さん、あんた大変なことになってるぞ？　分かってんのかな。まあ……でも、これはこれで面白《おもしろ》そうだし、いいか！」

祐人はこの間に二人の獣人と毒腕の衣服を調べて所持品がないか確認する。

そして立ち上がると先ほど受けた強烈《きようれつ》なプレッシャーの方向に顔を向けた。

（最初に感じたあの殺気は……こいつらじゃない。それにこいつらは一体、何者なんだ）

祐人は、もしここに最初に感じた能力者が参戦してきたらどうなっていたか、と考えると顔を引き締めた。

恐らく、あの殺気は自分だけに送ってきたものだろう。でなければ流石《さすが》に瑞穂たちも気づくはずだ。どういう理由か分からないが、自分だけにコントロールして送ってきた。

（それは高度な技術だ。こんなレベルの氣当りを僕は経験したことはない。しかも殺気だけで相手の心を削《けず》り取るレベル。こういった技術が上手《うま》い能力者といえば）

「まさか、この能力者は僕と同じ……」

祐人は眉間《みけん》に皺《しわ》を寄せ、険しい表情で上空を見上げた。

◆

ようやく落ち着いた瑞穂たちも祐人のところに集まった。

祐人はこの能力者たちの衣服を丹念《たんねん》に調べている。

「祐人、こいつらは何？　もしかして呪詛《じゅそ》と関係があるの？」

「いや、分からない。ただ、もしそうだとして僕らを襲う理由には……」

マリオンも真剣な顔で考え込む。

「もしかして、呪いに気付いた私たちが邪魔《じゃま》をするのを恐れたとか」

「うん……それはあり得るけど、それだと僕らはだいぶ前からずっと監視《かんし》されていたことになる。さすがにそれはないんじゃないかな、逆に呪詛のヒントを僕らに与《あた》えかねないし。呪詛は分かったところでその場で解除は出来ないし、術者を特定されたとしても僕らが動いた時に有利な状況《じょうきょう》で迎《むか》え撃《う》てばいいはずだし……。うーん、こいつらが何者か特定するような所持品はないね。お金は持ってたけど、財布《さいふ》はないや」

瑞穂もこんな襲撃《しゅうげき》は生まれて初めての経験だ。

正直、祐人がいなかったらと思うと冷たい汗が拭《ぬぐ》えない。

あの最初の投げナイフのような攻撃……自分に向かっているのなら、普段から風精霊に命じているので直撃はなかった。

だが、仲間への攻撃にはそうではない。それと分かっていなければ今の瑞穂には対処は難しい。実際、奇襲《きしゅう》とも言える初撃は祐人とマリオンの方に飛んでいた。

祐人がそれを感じとり、叩き落としてくれたおかげで全員無傷でいられたと言える。

瑞穂はまたしても祐人に守られたと知り、唇を噛《か》んだ。

だが、それ以前にこいつらの襲撃の目的が分からない。

「私たちの誰かに恨《うら》みのある連中とか」

「恨みかどうかは分からないけど確かに僕らを襲ってきたのは事実。何かしらの理由があるのは間違《まちが》いないと思う。僕ら全員が標的か、それとも特定の誰かか」

祐人は先程《さきほど》の攻撃の一部始終を思いだす。

「そういえば、あの時の最後の攻撃だけど……いや、最初のもそうか」

「祐人さん、何か気になることがあるんですか？」

祐人はハッと振り返りマリオンに顔を向ける。

それは敵の行動の中にある種の偏《かたよ》りを感じたからだ。

まだ確信をもつほどではないのだが、敵の攻撃の際の強引さというか、意図的でしかあり得ないような行動と思えるものは、すべてマリオンが絡《から》んでいたようにも思える。

マリオンは祐人の視線に対し首を傾《かし》げるが、その視線の含んだ意味が分かり、涙目になって大きな声を上げる。

「私は誰かに恨みを買うようなことはしてないです！」

「あ、いや、そんなことは言ってないよ。マリオンさんがそんな人じゃないのは分かってるから。ただ、ちょっと、マリオンさんに敵の意識がいっていたような」

「え、そんなことが……」

「いや、ごめん。考えすぎかもしれない」

数秒、瑞穂たちはこの意味不明な襲撃者を見つめる。

祐人は立ち上がり真面目《まじめ》な顔で瑞穂に提案をする。

「瑞穂さん。こいつらは機関に通報した方がいいんじゃないかな？　ひょっとしたら機関の方で調べてくれるかもしれないし」

「そうね、そのつもりよ。連絡《れんらく》してすぐに回収してもらうわ。こいつらは本当に何なのかしら？　それに何よりもこの学院に侵入《しんにゅう》したのが問題よ。他《ほか》に誰もいなかったからいいけど生徒たちが巻き込まれたら大事だわ」

「確かに、それは笑えないね。大峰《おおみね》さんに学院の護衛、警護の能力者を回してもらえないか、聞いてもらえるかな？　一般《いっぱん》の人たちを巻き込むかもしれない連中だし、それなら機関も動いてくれるはず」

瑞穂はスマホを取り出し、機関に連絡をとった。

祐人たちにとってこれは深刻な問題だ。

瑞穂の言う通りで聖清女学院に限らず学校の中で能力者が白昼堂々と襲ってくるというのは異常と言っていい。もし先のような襲撃が授業中にあったと考えれば尚更《なおさら》なのである。

「今、連絡したわ。すぐに来てくれるそうよ。あと護衛警護の件はちょっと待って欲しいって」

祐人は頷《うなず》き、頭を掻く。

「うーん、今のままでは答えは出ないね。取りあえずこいつらは縛《しば》り上げて、そこの屋上の出入り口の上に置いておこうか。念のため目が覚めないように氣を当てておくよ」

祐人の何気ないセリフに一悟は苦笑いする。

「なんか、お前、普通《ふつう》に怖い話をしてるよな」

祐人は襲撃者たちをヒョイっと持ち上げ、本人たちの衣服で動けないように縛り上げて屋上の出入り口の上に隠した。

「これでよし。瑞穂さん、マリオンさん、まだこいつらの仲間がいるかもしれない。油断しないでいよう。正直、今のところこいつらが何なのか皆目見当《かいもく》もつかないし。呪詛の件との関係も可能性としては残すけど、別件のようにも感じるし」

　瑞穂とマリオンは頷く。

「念のため、敷地内に探査風を常時飛ばしておくわ」

「学院の敷地は広すぎて、結界を張るのには時間がかかりますが、私も生徒がいる校舎には何とかしておこうと思います。それと、この襲撃してきた人たちにも結界を張っておきます。仲間がいるとしたら助けにくるかもしれないので」

「うん、お願い。それと一悟とニイナさんだけど、一応そちらも気を付けていてね。特に一悟はクラスが違うから、どうしてもこちらのフォローが遅《おく》れてしまうから。あ、後で寮《りょう》に帰ったら僕が霊剣師《れいけんし》のお札を渡《わた》すよ。時間稼《かせ》ぎぐらいにはなると思うし……」

「あ、はい、分かりました」

「お札か？　分かった。しかし……とんでもないことになったのかな、これは」

　一悟の何気ない言葉に祐人は二人に申し訳ない気持ちが湧《わ》き上がる。それは瑞穂もマリオンも同様だった。

「ごめん、二人は絶対守るから」

「ま、気にすんな、祐人。それよりも、知らないところでお前たちが苦しんでいるよりマシだわ。大したことは出来ねーと思うが何でも言ってくれ」

「私もです！　私は瑞穂さんたちに恩がありますし」

二人の思わぬ申し出に祐人たちは目を見開いた。たった今、これだけの危険な目にあったにもかかわらず、一般人である二人がこのように言ってくれるとは思わなかった。

二人にしてみれば恐怖の何ものでもなかったはずであろうに。

「なあ、祐人」

「何？　一悟」

「こいつらあっさりやられちまったけど、大した実力じゃなかったってことか？　いや、俺《おれ》からしてみると人間離《ばな》れしているんだが」

「いや、結構強いよ。さっきの動きから考えて手練《てだ》れと評価してもいいんじゃないかな」

「そうなのか？　じゃあ、祐人たちって強いんだな、さっきもすごい連携だったし、ああいうのは練習とかしてんのか？」

少し安堵《あんど》の色を見せた一悟の問いに祐人は瑞穂、マリオンの方を見上げてお互《たが》いに目を合わせる。

「い、いや、練習はしてないけど」

「え、それであの動きか！　漫画《まんが》みてーだったけど能力者っていう連中は、ああいうのが普通なのか」

「いや、そんなことはないんだけど、瑞穂さんとマリオンさんなら、分かってくれると思ったんだよね」

「そ、そうね、何となく祐人ならって感じかしら」

「私もそんな感じです」

首を傾げる三人。

ニイナはその三人をしばらく見つめると……何となく眉間に皺を寄せた。

そこに突然、屋上の出入り口の扉《とびら》が開いた。

「どなたですか！　ここで暴れているというのは⁉　なんてこと！　床《ゆか》が」

現れたのは生徒会の風紀委員をしている二年生の鳥羽《とば》愛子《あいこ》という先輩《せんぱい》であった。

上級生の生徒会幹部がご立腹で登場し、しかも先ほど破壊《はかい》された床を見られてしまい祐人や瑞穂たちもばつの悪そうな、気まずい顔をする。

「あなたたち！　ここで何をして……キャッ！」

愛子が声を上げた瞬間……パリンッと愛子の上空でまるでガラスが割れたような音がした。祐人たちも彼女《かのじょ》の上の空間に一瞬《いっしゅん》だけ亀裂《きれつ》がはいるという不思議な光景を確かに見た。

（これは……）

「な、なに？　これもあなたたちの悪戯《いたずら》なの!?　これは学院長に報告しますからね！」

「「「ええぇ――!!」」」

「違います、誤解です！　鳥羽先輩」

「し、四天寺さん！　あなたがいらっしゃって、この騒《さわ》ぎはなんなのですか」

「これは……その……」

言い訳が苦手な瑞穂は咄嗟《とっさ》に良い言い訳が浮かばない。

「あのすみません、鳥羽先輩」

「あら、ニイナさんまでこんなところに」

「実は私がここにいる方々に頼《たの》んでここに来てもらったんです」

「え？　それはどういうこと？」

「実はここにいる方々に私の友人として来週にあるミレマーの式典に出てもらおうと思いまして。その時の催《もよお》しなのですがミレマーのダンスを一緒《いっしょ》に踊《おど》ってもらおうということになったんです。それで練習をしていまして……」

（（（えぇぇ――!!　どんな言い訳!?　それ！）））

四人の視線が華奢《きゃしゃ》なニイナの横顔に集中。

ダンスで床が破壊されるとかあり得ない。

しかも、そんな言い訳が通じるわけがない。

「まあ、そうだったのですね。そうでしたか、そういうことでしたら……」

考え込む愛子。

（え⁉　悩《なや》むの？）

どれだけ素直《すなお》なんだ、と一悟はお嬢様《じょうさま》がたの生態の一端《いったん》に触れたような気がした。

一悟は気付かれないように息を吐《は》いて、はやく帰りたいと考えると出入り口の方に視線を移した。

（うん？）

その出入り口の裏にまるで軟体《なんたい》動物が通ったような影が見えたのだ。

一悟は、何だ？　と思い、もう一度、確認するが……何もない。

（おいおい、もう何が出ても驚《おどろ》かねーけど……気のせいか？）

「分かりました！　そういう目的があるのなら素晴《すば》らしいと思います！　ここはわたくしの胸に納めておきましょう」

「ありがとうございます！　鳥羽先輩」

「ですが、あまり騒ぐのは感心しません、淑女《しゅくじょ》としての心はどんな時も忘れてはいけません」

「はい、心に刻み込んでおきます！」

ニイナが頭を下げると、慌《あわ》てて他の四人も頭を下げる。

「ふふふ。もうお昼休みも終わりますので、皆さんも教室の方にお帰りなさい。それと、もう一人のお綺麗《きれい》な試験生の方もそのミレマーのダンスにご参加されるのかしら？」

「え？　いえ？　違いますが……」

「あら、そうでしたか。ここに来る途中《とちゅう》にすれ違ったのですが、違うのですね。いえ、なんでもありません。では、これから気を付けてください」

そう言うと愛子は淑女然とした態度で体を翻《ひるがえ》し帰って行った。

祐人たちはお互いに顔を見合わせて、もしや……という顔をする。

だが、それ以外にも気になる点はあった。

「祐人さん、先ほどの空間の亀裂は……まるで結界に攻撃が当たったような感じでした。あれは私が張ったものではないですし、何よりも、鳥羽先輩を守っているようにも感じました」

「うん、僕《ぼく》もそのように感じた。あれは何だったんだろう。ちょっと調べた方がいいかもしれない……それと」

「ええ」

　瑞穂が頷く。

「さっきの戦闘《せんとう》をもしかしたら見られていたかもしれないわ……白澤さんに」

　祐人は顔を暗くして大きく息を吐いた。

「参ったなぁ、もう、どうしようか。このわずかな時間で色々あり過ぎて、頭が回らないよ」

「悩んでいても仕方ないわ。もし、彼女……白澤さんが私たちのことに気付いたのなら口止めは最低限しないと」

「うん、そうだね……それは僕からしておくよ」

　一悟も横で頭を掻《か》くが、これはもう本人にぶつかっていくしかないように感じる。

「祐人、それを話すときは俺も参加させてくれ。いや、途中までいいから」

　一悟は真剣《しんけん》な顔で祐人の肩《かた》に手をかける。

　祐人は自分一人で話そうと思っているが一悟の顔を見て了承《りょうしょう》した。

「分かった」

「あ、それとさっきな……そこに」

「うん？」

「いや、何でもない。後で話すわ」

一悟はさっき見た妙《みょう》な影のことを伝えておくかと考えたが、祐人の表情をみて思いとどまった。

（今は詰め込み過ぎるのも良くないな。後で四天寺さんかシュリアンさんに伝えておくか）

瑞穂たちは祐人たちの様子を心配そうに見ている。

特に同じ能力者の瑞穂とマリオンには祐人の気持ちは分かるのだ。

これは能力者たちの共通した悩みと言っていい。

たとえ仲の良い友人でも能力者であることは中々言えることではない。

それをした途端《とたん》にお互いの関係を崩《くず》してしまいかねないほどのことなのだ。

祐人たちが戦闘を終えた直後の聖清女学院の敷地《しきち》の東端《とうたん》。

「ば、馬鹿な！　何ですか、あの戦い方は！　まるで闇夜之豹が赤子のようではないですか。あのような若い能力者がここまで実戦慣れしているとは」

普段《ふだん》感情を高ぶらせることのない百眼は、驚きのあまり、電子双眼鏡を持った両手を握りしめる。

「燕止水、あなたはこうなることを分かっていたのですか？」

「フッ、どうだかな」

「何故《なぜ》、行かせたのです！　あれではただ相手を警戒《けいかい》させて今後、奇襲が出来ません！」

「力は貸した。それでこの様だ。どちらにせよ、今、相手を知らずに奇襲をかけても役には立たなかったろうよ、あいつらではな」

「まさか、あなたは毒腕たちを使って敵を測ったのですか。あの死鳥ともあろう者が随分《ずいぶん》と慎重ですね」

「慎重ではないな……確認《かくにん》だ」

「……は？」

「お前は何か勘違《かんちが》いをしているな。別に俺は貴様らの仲間ではない。依頼《いらい》を受けてここに来ている。それだけだ」

表情一つ変えない止水に百眼は一瞬だけ歯噛みするが、すぐに冷静な表情を取り戻《もど》す。

「フッ……あまり、我々を舐めない方がいいですよ、死鳥」

ピクッと止水は片眉《かたまゆ》を動かす。

「子供たち……あの身寄りのない子たちは我々の手中にあることをお忘れなく」

「くだらんな、それこそ俺には無駄《むだ》な脅《おど》しだ。下衆《げす》め」

「何と言われても結構。我々は伯爵《はくしやく》様の手足。命令を遂行《すいこう》してこそ、今の地位にあるのです」

「受けた依頼は必ずやる。だが、それは俺のやり方でだ」

「ですが相手の力量を測るのに毒腕たちを当て馬にするのは良い手ではなかったはずです」

「やりたいと言ったのはあいつらだ。その役割すら果たしていなかったがな。お前が言いたいのは闇夜之豹に期待した俺が馬鹿《ばか》だったということか？」

「クッ……」

「それとも一つ」

突然、止水の握る手から薄《うす》い金属が何層にも束ねられた棒が伸《の》び、百眼の喉元《のどもと》の直前数ミリのところで止まる。

「……！」

「俺が受けた依頼にお前らの命を守れというものはない。それをよく覚えておくのだな」

そう言うと止水は木々の風の騒《ざわ》めきに紛《まぎ》れ、スーッとその姿を消した。

ゴクリと唾《つば》を飲み込んだ百眼は額からの冷たい汗《あせ》を拭う。

「伯爵様も何という男を。まあいい、この仕事さえ終わればば……ククク」

そして百眼もその姿を消した。

中国の北京《ペキン》の郊外《こうがい》にある水許《すいこ》の暗城《あんじょう》。

湖畔《こはん》に建てられた最高のセキュリティーを持つ施設《しせつ》の五階の奥《おく》に伯爵の部屋はある。

「あら」

「どうかしたのかね？　ロレンツァ」

「いえ、何でもないわ、あなた」

（今、私の飛ばした呪詛が弾《はじ》かれた？　フフフ、面白いことをするわね）

ロレンツァはお気に入りの紅茶を入れ、アレッサンドロの座《すわ》るデスクに差し出した。

アレッサンドロのデスクの上には図面のようなものが広がっている。そこに描《か》かれている祭壇《さいだん》のような設計図の中心には五体がバラバラにされた人間のような絵が見えた。

第3章　茉莉の向かう先

午後の授業の一コマ目が終わり、祐人《ひろと》は茉莉の方に目を向けた。

昼休みから茉莉とは話が出来ていない。

祐人たちが謎《なぞ》の能力者たちに襲撃を受けた後、教室に戻ってきた時にはすでに茉莉は自分の席についており、他のお嬢様たちに囲まれていたため声が掛《か》けられなかった。

だが、祐人はどうしても茉莉に確認をしなければならない。

あの屋上での出来事を見ていたのか？

もしそうであれば、自分だけではなく瑞穂《みずほ》やマリオンも能力者であることを知られたことになる。こうなってはもはや小さな問題ではなくなるのだ。

午後の授業一コマ目が終わると祐人は意を決して立ち上がり、席近くのお嬢様に話しかけられている茉莉のところへ向かう。

瑞穂とマリオン、そしてニイナは祐人の行動に意識を向けているが静かに座っている。

祐人はマリオンの背後を通り過ぎ、茉莉に話しかけた。

「茉莉ちゃん、ちょっといいかな」

茉莉は祐人がこちらに向かって来ているのは気付いていた。

実は茉莉も祐人のことをさりげなく確認していたのだ。

茉莉は一瞬だけ寂《さび》し気《げ》な表情を見せたがすぐに軽く顔を強張《こわば》らせるようにし、祐人に顔を向ける。

「何？　祐人」

茉莉は何とか自然に言葉を発するが、祐人を見つめると、すぐに祐人から視線を外した。

それでいて今度はその顔が上気しているように頬を赤らめている。

茉莉がこんな態度を祐人に見せるのは珍《めずら》しい。

それに加えて今は元気がなさそうに目を落としている。

何か、茉莉の中に様々な感情が入り混じっているようだった。

祐人はその普段とは違《ちが》う茉莉に、やはり……と思い、茉莉との話し合いを急がなければと改めて考える。

「うん、放課後にちょっと話があるんだけど」

「話？　実は放課後は剣道部《けんどうぶ》の先輩がたに招かれているのよ。明日でいい？　それか今日の夜に電話で……」

「今日、話したいんだ。電話じゃなくて直接」

茉莉は目を軽く見開いた。

真剣な顔の祐人と若干動揺《じゃっかんどうよう》が見える茉莉の間に、僅かな時間が流れる。

祐人が会話の中でこんなに強引《ごういん》に話を進めるのは珍しい。

茉莉はちょっと嬉《うれ》しそうな表情をしたがすぐに引っ込める。

「分かったわ。静香《しずか》に言って剣道部の人たちに話をしておいてもらうわ」

「ありがとう、茉莉ちゃん。じゃあ、後でね……」

祐人は真剣な顔の中にホッとしたような表情を見せると自分の席に帰っていった。

この様子を間近で見ているお嬢様方がヒソヒソとお互いに小声で話し合っている。

「殿方《とのがた》の堂杜《どうもり》さんからのお話って……しかも、とても真剣な顔でしたわ！」

「何故かしら、わたくし顔が熱くなって」

「あんな風に強引に……ああ！」

「道子《みちこ》様！　お気を確かに！」

「共学になればこんなことが私にも」

「今日は皆《みな》さま、放課後に集まりましょう！」

えらく盛り上がっているように見えた。

マリオン、瑞穂、ニイナは何故か半目でこの茉莉の様子を見つめていた。

それは三人には見える危険な信号をキャッチしているかのようだった。

「あの子、祐人への応対が随分と変わったように見えるわ。祐人の正体に気付いただけで、ああなる？　まだ、分からないけど……」

瑞穂が思ったことをそのまま独り言のように言うとマリオンとニイナも頷く。

「そうですね、祐人さんを見る目が少し……」

「私のところに助けに来た時の刺々《とげとげ》しさが感じられません。あれじゃまるで……」

三人の少女は、ムムム、といった感じで首を傾げる。

「距離《きょり》が離《はな》れて気付くこともある。あれは恋《こい》という妄想《もうそう》に堕落《だらく》しかかった女。二人きりにすれば一気に盛り上がるだろう。場合によっては女の方から襲《おそ》い掛かる」

「「「！」」」

瑞穂たちがハッとその不穏《ふおん》な言葉の主に顔を向ける。

そこには花蓮《かれん》が自分の机で腕を組みつつ、うんうんと頷いていた。

「少しは出来る女と思っていた。でも、残念。ああなったらもういい女とは言えない。いい女は黙《だま》っていても男を引き付けるもの。茉莉……グッバイ！」

そう言い放った花蓮はニマ～と笑い、立ち上がると花蓮の言葉で固まっている瑞穂たちの前で止まり三人の少女を見上げる。

目は隠れて見えないが。

「トイレに行ってくる」

日本、フランス系アメリカ、ミレマーの少女が同時にこける。

「黙って行きなさい！　それこそ、いい女がそんなこと言わないわよ！」

「……っ⁉」

花蓮は殊更《ことさら》驚《おどろ》き、そうだったのか！　という態度をとるとコソコソと教室を出て行った。


放課後。

祐人は事前に言っていた通りに茉莉を屋上に誘《さそ》った。

実は祐人はあえてこの場所を選んだ。

昼休みに能力者との戦闘を見られたとすればここの方がいい。また、一悟《いちご》もすぐに来るとのことだ。今回は誤解を生むことはないだろう。

祐人は茉莉の前を複雑な、それでいて神妙《しんみょう》な表情で歩いて行った。

茉莉は今、祐人の背中をジッと見つめ、言葉を発さずに黙ってついていった。

祐人の背中を眺《なが》めつつ、茉莉は昼休みのことを思いだしていた。

祐人が真剣な顔で話があるといった時点で話の内容は予想でき、今、わざわざあんなことがあった屋上に誘ってきた時点で確信に変わった。

あの時、茉莉は確かに屋上の出入り口の中にいた。

祐人たちと別れてお嬢様たちと昼食に行き、その後、祐人のことが気になった茉莉は適当な理由をつけて昼食を早々に済ませると祐人たちを探したのだ。クラスに戻り、祐人や瑞穂の居場所を尋《たず》ねたところ、屋上の方に向かったところを見たと言うお嬢様がいた。

生徒会に用事があると言っておいて、何故、屋上に？　と考えると、居ても立ってもいられなくなった茉莉はすぐに屋上に向かったのだった。

屋上に到着《とうちゃく》し、ドアのノブを掴《つか》むとドアの外から聞こえてくる話し声に目を大きく見開いた。

何故なら、その話の内容が呪詛やら呪《のろ》いやらというものだったからだ。

この時、茉莉は、

（もしや！　この祐人の友人というお嬢様たちは……祐人の中二病仲間！）

と考え、ドアの前で脱力《だつりょく》を起こす。

しかも、それを真剣に話し合っているではないか。

また、この集まりに一悟やニイナも一緒にいることに驚いた。

（まさか、袴田《はかまだ》君やニイナさんまで仲間だった⁉　みんな一体、何なの？）

すっかり馬鹿馬鹿しくなった茉莉が教室に戻ろうとした、その時だった。

茉莉はこの直後に信じられないものを見た、いや見てしまう。

祐人の「みんな気を付けて！」という迫力《はくりょく》のある大きな声を聞き、覗《のぞ》いていたのが気付かれたのかと思ったが、そういう気配はない。

茉莉は一体、何が起こっているのか？　と、再びドアを数ミリほど開ける。

茉莉は目を見開いた。そして瞬《まばた》きをすることすら忘れてしまう。

ドアを開けた瞬間《しゅんかん》、目に飛び込んで来たのは異様な仮面を被《かぶ》った大人たちに襲われている祐人たちだったのだ。しかも素人《しろうと》の茉莉から見ても相手は異常な、そして普通ではない人たちであることが分かる。

突然《とつぜん》、空中に現れたかと思うと現実離れした姿、スピード、殺気。

それは自分が持っていた常識を根底から覆《くつがえ》すと言ってもいいものだった。

そして何よりも……祐人だった
祐人たちは、これらの茉莉にしてみれば化け物のように見える敵を冷静に、瞬時に、そして完膚《かんぷ》なきまでに撃退《げきたい》した。

瑞穂とマリオンの魔法《まほう》のような技にも驚いたが、この戦いの勝利に中心的な役割を果たしていたのが祐人だったと茉莉にも分かる。

この時、茉莉は自分の身体《からだ》が得体の知れない恐怖《きょうふ》に震《ふる》えて思うように動かなかった。

そこで茉莉は思い出した。

以前に吉林高校《きつりんこうこう》の近くの公園で茉莉と静香が、祐人を重度中二病と断じた時の、あの時の祐人の話を。

そして理解した。

あれは嘘偽《うそいつわ》りのない本当の話であったことを。

戦闘が終わり、茉莉はドアをそっと閉めて愕然《がくぜん》としたようにその場に座り込む。

そして、茉莉は力なく外から聞こえる祐人たちの話し声に耳を傾《かたむ》けた。

会話の内容から瑞穂とマリオンも祐人と同じ類《たぐい》の人間であることが分かる。

(同じ類の人たち。あの祐人がバイトと言っていた変な仕事もこの綺麗な人たちと知り合いなのも、これなら理解できるわ……)

茉莉は祐人と一悟が公園のベンチで話していた内容を克明《こくめい》に思い出してしまう。

祐人の言うことは嘘《うそ》ではなかったのだ。

そう、事実だった。

そう考えた途端、茉莉はある一つのことに心が囚《とら》われ、顔が深刻なものに変わっていく。

その時、祐人は一悟にこう言っていた。

〝僕は力を使うとほとんどすべての人に忘れられてしまう〟

自分は祐人を忘れたことがない。

だから茉莉は何を漫画みたいなことを言っているのかと頭にきたものだった。

しかし、今は違う。

この非現実的な状況と祐人を見たことで、祐人の言ったそれが自然に受け入れられる。

この瞬間……茉莉の中にあった自分の知っている祐人と自分の知らない祐人が繋《つな》がりだした。

茉莉は自分以外の人間が度々《たびたび》、祐人に対して突然よそよそしくなっていたところを見たことがあるのだ。違和感《いわかん》は覚えていたが、その時の茉莉はこのことを深く考えもしていなかった。

一悟は祐人に謝《あやま》るほど、そのことを気にしていたというのに。

茉莉の目から涙《なみだ》があふれて頬を伝わり、膝《ひざ》の上に落ちた。

その涙は……祐人のことを、祐人に一番近しいと思っていた自分が祐人の抱《かか》えるものに気づいてあげられなかったという寂しさや罪悪感で溢《こぼ》したものではない。

いや、それもあった。

だが、それよりも茉莉は祐人のこれまで経験してきたものや、祐人の……祐人から見たこの世界に思いを馳《は》せたのだ。

それは……、

祐人は孤独《こどく》ではなかったのか？　と。


（もっと早く自分がこのことに気付いていれば……ううん、せめて祐人が話してくれた時に信じてあげられれば）

祐人が人と面と向かって話をする時に嘘をつくような人間ではないことを一番知っているのは自分のはずではなかったか。

それなのに自分は……祐人の話と常識を比べて常識をとってしまった。

それは当たり前で他人から責められることはないだろう。

だが、違うのだ。

茉莉にとってそれは違う。

何故《なぜ》なら、それが茉莉にとっての祐人であったのだから。

誰《だれ》が何と言おうとそれが茉莉の知っている祐人だったはずだ。

それを何故、自分は……。

茉莉と祐人が、今のような関係になったのかは茉莉の中にある、ある思いが関係している。

茉莉は自分の知っている祐人はもっと周りから評価されて良い人間だと思っていた。

そして、その思いが強すぎた。

そのため祐人本人が周りからの低い評価を受け入れているということが、どうしても嫌《いや》だった、許せなかった。

自分の知っている祐人は……茉莉の中の祐人はそんな男ではないのだ。

だから祐人の、引き気味であったり、自信のない態度を見るとイライラしてしまう。

つまり、祐人を最もよく見て、最も高く評価していたのは茉莉だったのだ。

贔屓目《ひいきめ》もあったかもしれない。

それを口に出したり、周囲に喧伝《けんでん》するのは恥《は》ずかしくてできなかった。

でも茉莉にとってはそれが真実だった。

これが祐人を一番高く評価をしているこの少女が、祐人に最も厳しい理由でもあった。

それは我が儘《わがまま》で未熟であったのかもしれない。

けれども、祐人に対し、祐人にだけは、このように思う。

それが白澤《しろさわ》茉莉という少女だった。


今、茉莉はこれまで祐人に投げかけてきた数々の言葉や態度がいくつも思い出される。

普段から祐人には厳しくあたってしまう自分。

そして、祐人が自分に告白をしてきた時に、それを断った自分とその時の祐人の顔。

祐人の母親が行方《ゆくえ》不明になり、心労から体調を崩した祐人に対して同じ道場の門下生として、同じ中学の同級生としてしか、接することができなかった自分。

(私が祐人にしてきたことは祐人を傷つけてばかり。祐人の孤独を思いやることもしないで……自分の考えばかり優先して)

茉莉は両手で顔を覆《おお》った。

その顔を覆う両手の下からも涙は途絶《とだ》えない。

(これじゃあ、私は)

祐人が以前に見せた自分に対する扱《あつか》いが他の人たちと同じだったことを茉莉は思い出す

と、とてつもない喪失感《そうしつ》に心を塗《ぬ》り潰《つぶ》された。

茉莉はこれ以上、この場所に留《とど》まることができず、勢いよく立ち上がると階段を走って降りていった。

そしてこの時、もう一つ茉莉は自分が最高に馬鹿だと思うことがあった。

それは、先ほどの祐人のことだった。

あの恐《おそ》ろしい敵との戦闘に怯《ひる》まず身を投じ、圧倒《あっとう》しつつも冷静さを失わない祐人の顔。

茉莉は、その戦っている祐人を見て、理解不能の状況《じょうきょう》にもかかわらず、襲ってくるその敵を恐ろしいと感じていたにもかかわらず、そして、祐人の言うことを信じてあげられていなかったにもかかわらず……、
祐人を心から格好《かっこ》いい、と思ってしまったのだ。

まるで祐人と初めて出会った時に、その剣技《けんぎ》を見て感じた心のときめきだった。

茉莉には、今も流れている自分の涙の意味が分かる。

また、他《ほか》の女の子と仲良くしている祐人に感じるイライラや不安も分かる。

茉莉はこの時、堂杜祐人という少年が自分にとってどんな存在であったのか、そして今も、自分にとってどんな存在であるのかを完全に理解した。

茉莉は皮肉にも、それを知ったと同時にそれと同等の後悔《こうかい》と喪失感をも一緒くたに感じ

てしまったのだった。

茉莉と祐人は校舎の屋上に着いた。

一悟はまだ来ていない。

祐人は大きく息を吸うと屋上の中心の方まで歩き、毒腕によって破損した床のすぐ傍《そば》に立ち振《ふ》り返《かえ》った。

茉莉は左腕《ひだりうで》を右手で掴《つか》み、うつむいていた。

「茉莉ちゃん」

「うん」

「単刀直入に聞くね。今日のお昼休み、ここで起きたことを見た？」

祐人は視線だけ破損した床に移した。

「……うん」

「そっか……」

茉莉はまだうつむいている。

祐人はその茉莉の態度を見て、何とも言えぬ寂寥《せきりょう》感を覚えた。

この話し合いは別に茉莉を責めるものではない。

何故なら、別に茉莉は悪いことをしたわけではないのだ。

そして、それは祐人も一緒だ。ここそ隠《かく》れて悪いことをしていたわけではない。

祐人は自分の家の特殊性《とくしゅせい》から、たとえ仲が良い間柄《あいだがら》でも言うことが出来ない事情を持っていただけだ。

祐人は茉莉を見つめて言葉を探す。

そして、茉莉もその祐人を力なく見つめ返していた。

すると意外にも茉莉は祐人よりも先に口を開く。

「祐人……」

「うん？」

茉莉は祐人を真剣に見つめつつも、以前に祐人が語った、祐人は能力者という人間で、また、その力を極限に振るうときに副作用のようなものがある、という内容が思い出される。

「公園の時の話は本当だったのね？」

祐人は一瞬、目を見開くがすぐに元に戻し、体の正面に茉莉を置く。

「うん」

「じゃあ、あの時に言っていた周囲の人に忘れられてしまうことがあるっていうのも？」

「うん、本当だよ」

茉莉は再び目を落とした。どうしても聞いておきたかったことが今、確認できた。

そして、茉莉は胸中でこれまでの祐人との交流に思いを馳せる。

茉莉は、祐人と周りの人たちとの繋がりが、どうしてこうも薄いのかと疑問に思ったことは実は何度もあった。

唯一《ゆいいつ》の同性の友人と言っていい一悟でさえ、中学三年の時に突然《とつぜん》祐人と距離を置いた。

人との付き合いが上手《うま》い静香も中学二年の時、同じクラスだった祐人のことを忘れていた。

今まで祐人に対して感じていた違和感がすべて……繋がる。

同時にこれらを忘れさせるほどの想《おも》いが再度、込み上げてくる。

それは……やはり
祐人は孤独ではなかったのか？

もう、茉莉は自分のことなんてどうでも良かった。

今、自分が感じている不安も疎外感《そがいかん》も喪失感もどうでもいい。

たとえ、祐人が自分をどのように思っていたとしても……いい。

茉莉の瞳《ひとみ》が潤《うる》み、大粒《おおつぶ》の涙が茉莉の頬に流れるのを見て祐人が驚く。

「え!?　ま、茉莉ちゃん、ちょっと！」

茉莉は驚く祐人を見つめながらも、今までの自分の鈍感《どんかん》さに嫌気《いやけ》がさしていた。

茉莉は今、自分を責めることでしか、その場所に立っていられなくなっている。

「祐人……ごめんなさい、気づいてあげられなくて。祐人、ごめんなさい、祐人の話を信じてあげられなくて。私は祐人に、祐人に……何もしてあげれなかった」

「な、何を言ってるの茉莉ちゃん！　茉莉ちゃんが泣くことなんて何もないよ！」

祐人が茉莉の両肩《りょうかた》に手をかけるが、茉莉は力なく揺《ゆ》れているだけ。

確かに祐人を一度も忘れたことのない茉莉にとって、祐人が人の意識の中から存在が消えるという常識外のことを受け入れるのには他の人よりも困難があったと言えた。それは祐人の近くで祐人の存在を強く感じていた茉莉であるが故《ゆえ》のものでもある。

だがそれよりも、祐人の周囲の反応に気づかなくもなかったが、深く考えなかったということに関しては茉莉らしからぬことだったかもしれない。

普段は人間関係において視野の広い茉莉だが、祐人のことになると一元的にものを見ることが多々あった。つまり、茉莉は茉莉と祐人だけの関係を見てしまう癖《くせ》があるのだ。

この少女にとってらしくないのは、むしろ、その祐人のときにだけ顔を出す、この自分の癖に気づいていなかった、ということの方かもしれない。

茉莉は滲《にじ》む視界の中、祐人を見た。

祐人がこちらを心配そうに見ているのが分かる。だが、今の心の弱った茉莉には、その祐人の優《やさ》しさが誰にでも見せる気配りのようなものに見える。

そしてそれは、自分に向けられるものとしては当然のものだとも……思ってしまう。

（祐人は優しいの。私はそれに甘《あま》えて、甘え切って……。祐人がつらい思いをしているのに、祐人を一番知っているような顔だけして何も役に立っていない……）

しばらく茉莉のその様子を見ていた祐人が意外な反応を見せた。

祐人が大きく溜《た》め息《いき》をついたのだ。どこか機嫌《きげん》が悪そうな態度だった。

「あのね、茉莉ちゃん、取りあえず、ここに茉莉ちゃんを呼んだ用件を話すね」

祐人は茉莉の肩から手を放し、自分の頭を掻く。

「今日、見たことは誰にも言わないようにして欲《ほ》しいんだ。まあ、いきなりそんなこと言われても何かの冗談《じょうだん》だと思って誰も信用しないかもしれないけどね」

「……え？」

祐人の言葉とその言いように茉莉は顔を上げた。

口止めに関しては当然だと思うが……祐人の言いようが、どうにも皮肉っぽい。それは明らかに以前、自分が祐人の言うことを信じなかったことを揶揄《やゆ》しているようだった。

そして、祐人が明らかに意地の悪い顔をしているのを見ると、それは間違《まちが》いはないだろ

う と思う。茉莉の知る祐人としては珍しい表情だ。

「分かってる……絶対、誰にも言わないわ」

「うん、お願いするよ。こんなこと周りに言ったとしても、茉莉ちゃんも中二病とか言われたりするかもしれないけどね」

この発言で祐人が以前のことを根に持っていると分かる。

よほど頭にきていたのだろうことも。

茉莉は申し訳なさそうに眉をハの字に寄せると涙を拭《ふ》いた。

「ご、ごめんなさい、祐人。私……」

「茉莉ちゃんってさ、いつも僕にだけはやたら厳しくて、いちいち説教してきてさ」

突然の祐人の思いがけない非難に茉莉は顔をさらに暗くして目を落とす。

「一回、道場で勝ちを譲《ゆず》っただけで数ヵ月無視してさ。何度も謝ってんのに、ちっとも許してくれなかったり」

茉莉は目を大きくし、顔を上げた。

「そ、それは祐人が！　私より強いのに……ごめんなさい」

「僕のこと振ったくせに、そのあとも普通《ふつう》にしていてこっちが気を使ったよ。正直、放っておいて欲しい時もあったのに」

「そ、そんな……」

「あとさ、周りには気が利《き》くとか、お淑《しと》やかとか言われてるくせに、そんなの僕《ぼく》は見たことがないんだけど？　どこが⁉　って周りに言ってやりたかったよ。いつも僕にはうるさいのに──」

「え？」

そこまで言う？

「夜遅《よるおそ》くに僕に相談もしないで勝手に引《ひ》っ越《こ》し祝いとか言って押《お》しかけてきて」

「あ、あの時は……祐人だって泣いて喜んでいたじゃない……」

茉莉は思わず言い返してしまうが、今はそんな立場ではないと弱々しく尻《しり》すぼみになる。

「中学の時に僕が一悟に貸そうとした秘蔵の本を取り上げてさ！　それと先日には一悟の秘蔵の本（巨乳特集）を借りたくらいで怒《おこ》って」

「そ、それは！　祐人があんないかがわしい本を学校に持ってくるから！」

さすがにイラッとする茉莉。

「あ、そう言えば最近、牛乳をたくさん飲んでるみたいだけど、あれで胸が大きくなるのは嘘だから」

「なな！」

茉莉が顔を真っ赤にして愕然とするように後退《あとずさ》る。

どこからそれを？　と思うが、静香の顔が脳裏《のうり》に過《よぎ》った茉莉。

「茉莉ちゃん、勉強できるのに、そんなことも知らないの？　大体、そんなんで胸が大きくなるわけないでしょう。まあ……残念だったね」

チラッと祐人が茉莉のある部分に目を移した。

「ななな！」

茉莉は祐人の視線から逃《のが》れるように胸を抱《だ》く。

「い、今だって、そんなに小さくないわよ！」

「プッ」

祐人の馬鹿にしたような態度に茉莉は床《ゆか》に目を落としつつも段々とワナワナし、こめかみの血管を浮《う》き上《あ》がらせた。

だが、そんな様子も意に介さぬように祐人は続ける。

「それで今度は、僕が本当に能力者で周りから忘れられることがあるって分かったら、勝手に落ち込んで泣いたり？　ほんと面倒《めんどう》くさい」

「……（プチン！）」

茉莉の中で何かの糸が切れたような音が鳴《な》り響《ひび》いた。

確かに自分の今までの祐人への態度はなかったと思う。

でも、さすがにこの扱いはないのではないかと思う。

特に胸のことは。

(だって、祐人は大きい方が好きなのかと思って……違う！　私も女性として気にしていただけなのに！)

茉莉の影《かげ》のかかった顔が徐々《じょじょ》に上を向いた。

「い、言いたいことは……それだけのようね、祐人」

「……え？　ひ！」

ギンッと茉莉の目が祐人を射貫《いぬ》く。

肩《かた》が跳《は》ねあがる祐人。

茉莉が鋭《するど》い眼差《まなざ》しで祐人ににじり寄ってくるのが分かり、今度は祐人が後退った。

「わわわ、私だって、至らないところはあるわよ。祐人に迷惑《めいわく》をかけていたことも分かってるわ。で、でも、それは全部、私なりに祐人のことを考えて！　祐人といつかって……」

「でもさ……」

茉莉はさらに言葉を発しようとしたが、出来なかった。

何故なら、目の前の祐人が茉莉を見つめ、落ち着いたような大人のような表情で微笑《ほほえ》んでいたのだ。この表情は以前にも一度、見たことがあった。ただ、今回はあの時よりも温かく、他人事《ひとごと》のような微笑《びしょう》ではなかった。

「茉莉ちゃんは僕のことを……覚えていてくれた。今、話したことも、全部、伝わるもん。僕と茉莉ちゃんの間に起きたことは一度だって無かったことになっていない」

「……！」

茉莉の目が大きく見開かれる。

今、祐人が……屈託《くったく》のない笑顔《えがお》の祐人が、茉莉の目の前にいる。

それは自分が以前から知っている告白を受けた時の祐人ではなく、その祐人に何かが加わって、強く、逞《たくま》しく、それでいて包容力のある姿になった異性としての祐人。

すると、茉莉の広がる視界のすべてが祐人で埋《う》められていく。

「茉莉ちゃん、僕はね、茉莉ちゃんに感謝をしていたんだよ。茉莉ちゃんのおかげで僕の日常は最後の段階で一度も……孤独にはならなかったんだから」

茉莉と祐人の間に緩《ゆる》やかな風が流れ、茉莉の栗色《くりいろ》の髪《かみ》がフワッと持ち上げられた。

茉莉の胸の鼓動《こどう》が速くなり、茉莉の整った顔が薄紅《うすべに》色に染め上げられていく。

「だからね、茉莉ちゃん。もう謝らないでね。それと泣くのも禁止。僕はもう茉莉ちゃんからいっぱい貰《もら》っているんだよ。それは日常っていう掛《か》け替《が》えのない時間を」

祐人の言葉に茉莉の時間が止まった。

茉莉の心に今までの祐人との思い出が溢《あふ》れ出てくる。

(私は……何も分かっていなかった。祐人はこんなにも変わっていた。私の知らない間に。

ううん、私だけが見ていなかったのね、今の祐人を。それにやっぱり祐人は祐人だった)

茉莉の夢にまで見た祐人が、今、そこにいた。

いや、茉莉の考えてきた理想の祐人とは少し違う。自信に満《み》ち溢れ、力強い態度ではない。だが、そんな表面的な事ではないのだ。

確かに今、以前にはない祐人を感じる。

でも、祐人はどこまで行っても祐人だ。出会った時から知る祐人のままだ。

その祐人に惹《ひ》かれて、その祐人に意識が集中していたにもかかわらず、自分のこだわる形に祐人を当てはめようとしたのは自分だった。

今、祐人のすべてが輝《かがや》いて見えるのは自分自身が変わった……いや、自分の心に素直《すなお》に従うことが出来るようになっただけ。

茉莉は……衝動的《しょうどうてき》に祐人の胸に飛び込んだ。

「祐人！」

「うわ！　ま、茉莉ちゃん！」

茉莉は真っ赤な顔で祐人を見上げる。

こんなにも幼馴染《おさななじみ》と顔を近くに寄せたことのない祐人は驚《おどろ》き、狼狽《うろた》えながら飛び込んできた茉莉を見返す。

祐人は下から見上げる茉莉の潤《うる》んだ瞳《ひとみ》にドキッと心臓が跳ねてしまった。

「私、祐人のこと……ずっと祐人のことが、祐人のことが！」

祐人は茉莉の意外な行動に動くことが出来ない。

（私にこんな資格はないのは分かってる。でも……ううん、これからは私が祐人を追いかけるわ。祐人を何かに当てはめようだとか、祐人から来るのを待つだとか、そんな馬鹿《ばか》なことをもう二度と考えない！）

茉莉は意を決したように口を開こうとする。

が……その時、屋上のドアがバン！　と開いた。

◆

祐人と茉莉との話し合いの数分前、一悟は屋上に向かって急いでいた。すれ違うお嬢様《じょうさま》を驚かせて「あ、ごめんね！」と謝りながらも階段を駆《か》け上がる。

「やべー！　俺《おれ》としたことがお嬢様方との話が楽しくて遅《おく》れちまった！　今頃《いまごろ》、説明下手の祐人が狼狽えてるかもしれん……って、うん？　何だぁ？」

前方の屋上の扉《とびら》の前で押し合いながら張り付いている団体が目に入った。

「瑞穂さん、あまり押さないで下さい」

「しょうがないじゃない、マリオン。よく見えないのよ……ってニイナさん、ずるい！」

「そんなこと言っても……」

「むう、茉莉、泣《な》き止《や》んだ」

「なんで花蓮さんがいるのよ！」

「……ただの好奇心《こうきしん》」

「邪魔《じゃま》よ！」

「みんな人のこと言えない」

目の前で押し合いへし合いの少女たちの面々を一悟は残念そうに見つめる。

「……ふう」

なんだかなぁ、と思いながらも一団の後ろから一悟はドアの隙間《すきま》に目線を合わせる。

「で、どんな感じ？　マリオンさん」

「わ、袴田さん！　いえ、何とも……」

「どれどれ……」

　一悟は祐人たちの姿を確認《かくにん》しながら、その会話に耳を傾けた。

「へー、あんな白澤さんは珍《めずら》しいなあ。相当、へこんでるな、ありゃ。おお、祐人が白澤さんに文句言ってるわ、こりゃまた、珍しい」

　一悟の反応にマリオンは顔を向ける。

「袴田さん、あの二人って、どんな関係なんですか？　その……幼馴染とは聞いてますけど」

「気になります？　マリオンさん」

「あ、いえ……立ち入った話ならいいんですが」

「いや、まあ、見たまんまと言えば見たままですけどね。傍《はた》から見てると優秀《ゆうしゅう》で頭でっかちの女の子とお人好《ひとよ》しで無欲な男が思ったより仲良くなった絵、って感じでしたね」

「そうなんですか……でも、それだけですか？」

　マリオンの不安そうな顔を見て一悟は苦笑い。

「ははは、こりゃ……祐人もいつの間に。うん、後で、締《し》め上げよう。いや、殺そう」

「え？　あわわ、そういう意味じゃ……」

　一悟はマリオンが耳を赤くしているのを面白《おもしろ》そうに観察すると、ドアの隙間から見える祐人と茉莉に目を向けた。

「まあ、付き合いが長い分、そりゃ色々ありましたよ。青春っぽいのも。ただ、俺の感覚だけど、今の祐人から見れば白澤さんは貴重な友人って感じだと思うよ」

マリオンは一悟の話に一瞬《いっしゅん》ホッとするようにしつつも真剣《しんけん》な顔で目を落とす。

「そうですか……昔からの祐人さんを知ってるんですよね、白澤さんは」

そう言うマリオンの表情は羨《うらや》むようで寂《さび》し気《げ》なものになる。

「うん？　マリオンさん、俺の持論だけど男女の付き合いに時間なんて関係ないよ。そんなこと言ったら、全部、最初にというか、より古くから出会った恋人《こいびと》同士が総取りじゃね？でも世の中にいるたくさんのカップルはそんなことないでしょう？」

「……え？　あ、そうですよね！」

一悟の言葉に元気を取《と》り戻《もど》したようにマリオンは顔を上げた。それに一悟の言うことはその通りだと思う。すると一悟が大きく頷《うなず》いた。

「そう、男女の間で大事なのは……」

「だ、大事なのは？」

マリオンはググッと一悟の耳を近づける。

この時、実はその前で一悟の話を聞いている瑞穂とニイナの耳がピクッと動いた。

花蓮は祐人と茉莉に集中し、一悟の話には興味はなさそう。

「距離《きょり》だよ！　その二人の距離」

「距離……心の距離ですね？　なるほどです！　隠し事もなく、何でも話せたりですね！　そうですよね、いくら長く一緒《いっしょ》にいても心が通わなければ意味ないですよね。それなら確かに時間は関係ないです！」

マリオンは輝くような笑顔を見せ、胸の前に両手を握《にぎ》りしめた。そして、一悟からの貴重な話に心から感謝する。マリオンも同世代の男性の友人はほぼいないため、一悟から男性の意見を聞けて本当に良かったと思った。

だが、一悟は感動に打ち震えているマリオンに不思議な生き物を見るような目を向ける。

「は？　なに言ってんの？　マリオンさん」

「え⁉　違《ちが》うんですか⁉」

同じく良い話を聞いたと思っていた瑞穂とニイナも愕然としている。

「はあー、まったくマリオンさんは。ここで言う距離っていうのは……」

「それは物理的な距離」

花蓮が、当たり前のこと、とでも言わんがばかりに前を向きながら口を挟《はさ》む。

「お？　その通り！　具体的にはお互《たが》いの身体の距離！　よく分かってるじゃん！　そこ

の子！　って……誰？」

「ななな！　ぶぶ、物理的？　かかか、身体の距離……？」

マリオンは一瞬、花蓮と一悟の言っている意味が理解できなかったが、すぐに顔を真っ赤に染め上げた。そして何故《なぜ》か、自分の身体を無意識に抱きしめてしまう。

すると一悟はまるでスイッチが入ったように熱く語りだした。

「心の距離なんていう、そんな不確かな測れないもんなんぞ気にしてられるか！　どこまで自分がその女の子に近づくのを許されるかのみ！　カップルとそうでない男女の物理的な距離を見よ！　じゃあ、聞くがマリオンさん、どうでもいい男があなたの近くに寄って来たらどう？」

「そ、それは困ります」

「でしょう！　じゃあ、マリオンさんはその物理的に非常に近い距離に誰なら入れる？」

「ふえ――！　そ、そんなこと……」

一悟の眼力が怖《こわ》いマリオンは涙目だ。

「フッ……今、頭に浮かんだその異性がマリオンさんと距離が近くなれる奴《やつ》なんですよ！　そいつが近づいてきた時、マリオンさんはそれを断らない」

「……!?」

フルフルしているマリオン。

何故か、その前で耳を赤くしている瑞穂とニイナ。

「男はこの距離を詰《つ》めるために、日々、努力していると言っても過言ではない。一センチでも近くまで近づくことを女性に許されるようにと！」

カッと目に力が更《さら》に籠《こも》る一悟。

するとその時、フッと花蓮が不敵な笑《え》みをこぼす。

「そして、これを女は利用することがある」

「「！」」

瑞穂とニイナが左右から花蓮に驚きの目を向ける。

「そう……たまにその距離をわざと見間違《みまちが》えさせる、手ごわい女の子もいる。ただ、これが駆け引きというやつです。男はこれに騙《だま》される奴が多いが、その距離に入っていい女の子と入ってはいけない女の子を見極《みきわ》めなくちゃならない！」

マリオンは考えたこともない知識が入って来て驚きの連続。

瑞穂とニイナの赤い耳が小刻みに動いている。

「これらの厳しい条件を潜《くぐ》り抜《ぬ》け、最終的に男女が目指すのは……」

一悟の最終的という言葉にマリオンがゴクリと喉《のど》を鳴らした。

「……ゼロ距離」

「ゼゼゼ、ゼロ!?」

頭から大量の湯気を出し、マリオンは力なくペタンとお尻を床につけてしまう。

その前では瑞穂は首から上を真っ赤にし、ニイナは両手で顔を覆っている。

すると最前列の中央を占《し》めている花蓮は肩を竦《すく》めて嘆息《たんそく》した。

「しかし、女が密《ひそ》かにOKしているのに、その距離に入って来ないヘタレな男も多い」

「いるな！　そういう草食どころか、どれが食べられる草かも知らずに草原をウロウロしている奴が！　まったく嘆《なげ》かわしい限りだよ」

「「「！」」」

瑞穂、マリオン、ニイナのそれぞれの表情が変わる。

「そういう時、行《い》き詰《づま》った時……女も自ら出陣《しゅつじん》しなくてはならない時もある」

花蓮の言葉にマリオンの目がこれでもかというくらいに大きく見開かれる。

一悟は、うんうん、と頷き腕《うで》を組む。

「そう、基本は男がその距離を詰めなくてはならない。だが、女の子の方からだって動く時もあるんだよな。まあ、女の子にそこまでさせるには、男はどれだけの研鑽《けんさん》を積まなくてはならないか、と俺は常々考えているよ。それを経験できれば男として一人前……」

「あ、茉莉が胸に飛び込んだ」

花蓮の抑揚《よくよう》のない報告。

「は？」

「え？」

「うん？」

「今、その子、何て言った？」

一瞬の静寂《せいじゃく》。

「は――――ん⁉　何だとぉぉ‼」

一悟の発声と同時に少女たち全員がドアの隙間に集まる。

勢いよく四人がドアの隙間一点に集まったことで、全員の体勢が不安定になる。

「ちょっと、なんなのよ！　何であんな雰囲気《ふんいき》なの⁉」

「あ、あれはまずいです！　あの白澤さんの表情は可愛《かわい》すぎです！」

「いつの間に⁉」

「茉莉は告白態勢に移行。そして、ゼロ距離の合わせ技《わざ》」

花蓮の実況《じっきょう》。

「ととと、止めないと！　マリオン！」

「そ、そんなこと言われてもどうやって止めるんですか！　止める理由が！」

「こ、これが日本流ゼロ距離」

極度に慌《あわ》てふためく少女たちの傍《かたわ》らで祐人と茉莉の状況を確認し、最も怒《いか》りを露《あら》わにしたのは……一悟だった。

一悟は身体をプルプル震《ふる》わせて、腹の底から絞《しぼ》り出《だ》すような声を出す。

「ふざけんなぁ！　祐人ごときがぁぁ！　あいつが男として一人前になるのは百万年早いわ！　いや、俺より先なのが何よりも許せん！」

「お前、本音出てる」

花蓮のツッコミなど知ったことかと一悟がドアの隙間に最後尾《さいこうび》からへばりつこうとし、その強引《ごういん》な移動に全員が巻き込まれる。

結果、バンッと音を立ててドアが開く。

「させるかぁぁ！　祐人！」

「ああ！　ちょっと、袴田さん！」

「い、痛いわよ！」

「きゃ！」

「惜《お》しい、もう少し見たかったのに」

倒《たお》れるように出てきたのは花蓮、ニイナ、瑞穂、マリオン、そして、一悟だった。

突然《とつぜん》飛び込んできた面々に硬直《こうちょく》する茉莉と祐人。

茉莉はハッと我に返ると、すぐに祐人から離《はな》れる。

すると、覇《は》気《き》を放つ一悟はすぐさま体勢を立て直し、一歩前に出てきた。

「食べられる草がどれかも分からず、ただ草をむしっている、この『草むしりの人』が!!

この俺を飛び越していくことだけは絶対に許さん!!」

「何の話!?」

さらに一悟と共に出てきた少女たちも立ち上がると、全員が大きく頷いた。

「何の同意!?」

その祐人の疑問に答える者は誰もいなかった。

そして、祐人の後ろではあまりの恥ずかしさに頭を抱《かか》えて目を回し、自《じ》我《が》が崩壊《ほうかい》しかかった茉莉がいたのだった。

第4章　見える敵、見えない敵

「で、白澤《しろさわ》さんと話はできたのか？　祐人《ひろと》」

「うん……したよ。というか、さっきのは」

「そうか！　俺抜《おれぬ》きでも問題なかったな！　ああ、良かった、良かった！」

今、屋上で一悟《いちご》や瑞穂《みずほ》たち全員が集まり、微妙《びみょう》な空気で座《すわ》っていた。

マリオンがこんな時にも持参してきたレジャーシートを敷《し》いている。

（何なんだ……この状況は）

祐人は半目で全員を見渡《みわた》すと、それぞれが目を逸《そ》らす。

明らかにばつが悪そうにしているのだが、全力で誤魔化《ごまか》そうとしているのが分かる。

（まったくもう……）

実はこの時、瑞穂は目を逸らしながらも先ほどの茉莉の行動にモヤモヤしていた。

祐人と茉莉《まつり》の会話はあまり聞こえなかった。一体、どういう話になると、あんなことになるのか分からない。それに、まだ第一印象でしかないが茉莉があんな大胆《だいたん》なことをするような子には正直見えなかったのもある。

色恋沙汰《いろこいざた》に疎《うと》い、しかも男嫌《おとこぎら》いになるような経験をしてきた瑞穂には自らが男の胸に飛び込むということが想像できない。

そして、想像すると正直、まだ怖いのだ。

瑞穂は横目で祐人に目をやる。

ただ、相手が祐人だったらどうだろうか？

この少年だったら自分は……。

瑞穂の脳裏に母の朱音《あかね》が言った何気ない一言が思い出される。

〝これじゃあねぇ……。強力なライバルが現れたらジ・エンドね〟

茉莉が祐人に対してどんな気持ちを持っているのか、今の瑞穂には何となく分かる。

今までの自分だったら決して分からなかっただろう、その心の内側が。

すると、一悟の言っていた言葉が浮かんできた。

（ゼロ距離……か）

瑞穂は今までにない自分の考えと感情を持て余している。

瑞穂はニイナとマリオン、それぞれに目を向けた。

この二人はどう考えているのだろうか？　と思う。

ニイナはまだ祐人のことを思い出してはいない。だが、何か祐人に対して感じ取っているとは思う。でなければ、祐人を気にして自分たちと屋上まで行動を共にしないだろう。

瑞穂は自分とマリオンが経験した、祐人を忘れていた時の祐人に対する既《き》視《し》感《かん》のような、不可思議な感情にニイナはどう向き合っているのだろうか、とニイナを見てしまう。

だが、そのニイナの横顔からはニイナの気持ちまで測ることは出来なかった。

その横でマリオンは祐人の後ろに隠れるように座っている茉莉の方を見ていた。

長く一緒にいるせいかマリオンの考えることが少しだけ分かる。時間は関係ないと言われても、やはり長く祐人の傍にいた茉莉が気になるのだ。

また、気になるのはそれだけではない。

祐人の話では茉莉は一度も祐人を忘れたことはなかった、と言っていた。祐人のあの力はどういうものなのか、何故、記《き》憶《おく》から消えてしまうのか分からない。だが、茉莉は忘れたことがないと言う。

何が自分たちと違うのか、または忘れないようになるヒントが茉莉にあるのか。

だから、自分もマリオンも白澤茉莉が気になってしまうし、意識してしまうのだ。

突然、このどうにも微妙な雰囲気に一悟は大きな声を出した。

「ま、いいじゃねーか、祐人！　白澤さんともちゃんと話が出来たんだろ？　結果オーライだ！　うん。これからお前も色々と動きやすいだろうし、四天寺《してんじ》さんからの依頼《いらい》に集中しようぜ、な」

「まあ、そう言われれば、そうだけど……」

そう言われて、祐人は後ろにチラッと目をやった。

そこでは、いまだに真っ白に固まった茉莉が小声でブツブツと何かを言っている。

（こら駄目《だめ》だわ……）

どうやら、先ほどの感極《かんきわ》まってしてしまった自分の大胆な行動を思い出して、別次元に心が飛んでいるようだ。

祐人も先ほどの茉莉には驚いた。

長い付き合いだが茉莉のあんな表情を見たことがない。

しかも、まさか自分の胸に飛び込んで来ようなどとは思いもしなかった。

（色々と知って、茉莉ちゃんも驚いただろうし、僕の身の上のことを心配してくれたんだろうな。あんなに取り乱して泣く茉莉ちゃんは初めて見たよ……。昔からすごい世話好きだから、茉莉ちゃんは）

茉莉は祐人の視線に気付くとボンッと音が鳴るように顔を赤くして両手で顔を覆《おお》う。

そして、そのままブツブツと何かを唱えている。

(ありゃ……あんな状態の時にみんなが現れたから、そりゃ、こうなるよな。僕も恥《は》ずかしかったし。いつも周囲には自分を整えている茉莉ちゃんだったら尚更《なおさら》だよ。でもあの時、茉莉ちゃんはなんて言おうとしたんだろう? あの流れだと……)

などと考えている祐人に、瑞穂が気づいたように声をあげた。

「あ、祐人、さっき明良《あきら》からメールで連絡《れんらく》が入ったから報告したいことがあるのよ。添付《てんぷ》してあった資料までは目を通していないけど、恐《おそ》らくお昼の件もあるかもしれないわ」

「え、本当⁉ 明良さん、仕事が速いね。じゃあ……」

と、言い、そこであることに気づき、祐人たちは花蓮《かれん》を見つめた。

これからの話は他人には聞かせられない。

となると、ここにいる部外者は花蓮だ。

そもそも何故、花蓮がここに来ているのか分からなかったが帰ってもらうしかない。

茉莉は能力者の存在を知ったところであるし、もし、これからの話を聞かれたとしても、後でフォローできる。となるとやはり花蓮だけがこの場では邪魔ということになる。

ところが花蓮は茉莉以外の全員から、お引き取りいただきたいオーラたっぷりの視線を受けているにもかかわらず、まったく動じない。

するとまるで他人事《ひとごと》のように口を開いた。

「その後ろの壊《こわ》れた女を先に何とかした方がいい」

花蓮は祐人の後ろにいる茫然《ぼうぜん》自失状態の茉莉を指さした。

「いやいや……そもそも、なんで蛇喰《じゃはみ》さんがここに？」

「つまらないことに気づく男はつまらない男の証拠《しょうこ》」

「……っ」

「それに私は今から話し合う内容を聞いた方がいい」

「は？」

何を言っているのか？　と、祐人だけでなく、全員がこの空気を全く読む気のない困った少女の扱《あつか》いに困った。

「え……ちょっと待って！　今、祐人、何て言った⁉」

そこに瑞穂が突然、目を大きく見開いて大きな声を出す。

「え？　何って？」

「花蓮さんのことよ！　何て呼んだ？」

「うん？　蛇喰さんのこと？」

「蛇喰⁉　蛇喰……まさか！　花蓮さん、あなた蛇喰家の」

花蓮は瑞穂の方を向いてニマ～と笑う。

「え、え？　何？　何かあるの？」

瑞穂の反応に祐人は首を傾《かし》げるとマリオンが思い出したように驚く。

「蛇喰家は私も聞いたことがあります！　確か、蛇喰家は有数の契約者《けいやくしゃ》の家系の……」

マリオンの説明に祐人や一悟、ニイナも驚き、花蓮に目を移す。

ということは……花蓮は。

「私は別に隠《かく》していない。すぐに気付いてコンタクトをとってくると思っていた。なのに、全然、近づいてこなかったので……私はとても寂しい思いをしていた」

そう言うと花蓮はしょぼんと肩を落とす。

「し、知らないわよ！　そんなの！」

「自己紹介《しょうかい》で蛇喰と名乗っている。あそこで気付くのが普通。四天寺の人間が迂闊《うかつ》すぎ」

「あなたが、噛《か》み過ぎて何を言っているのか分からなかったのよ！　あなた「じゃばび」だか「じゃばば」としか言ってなかったじゃない。それで呼び名は花蓮でいいって言ったから名前だけしか知らなかったのよ」

「……!?」

花蓮が瑞穂の言葉によほど驚いたのか、目を見開いて体を仰《の》け反《ぞ》らした。

「え⁉　瑞穂さん、じゃあ、蛇喰さんって……能力者？」

愕然《がくぜん》としている花蓮を残念そうに見つめ、大きく息を吐《は》くと瑞穂は応《こた》える。

「ええ、どうやら花蓮さんの言いようから、そのようね。蛇喰家は世界能力者機関の日本支部所属で世界でも有数の契約者の家系よ」

「えー！」

これが？　という表情で祐人と一悟が花蓮に驚きの目を向けた。

花蓮は鼻から息を出しつつ偉《えら》そうに胸を張ってニマ～と笑う。

そして、自分に注目する祐人たちを見渡すように見返すと、腰《こし》に手をやりつつ口を開いた。

「私は機関所属のランクEの能力者。じゃばびがれん！」

「「「……」」」

祐人たちは、舌を噛み、涙目《なみだめ》で口を押さえる花蓮をそれぞれの表情で見つめた。

蛇喰家――世界能力者機関日本支部所属の世界的に有名な契約者の家系。

蛇喰一族は奈良《なら》の山奥《やまおく》に拠点《きょてん》を置き、その勢力は能力者の家系としては侮《あなど》れず、実力者揃《ぞろ》いとして知られている。

また、契約者の一族として独特の体系を持っており、その契約対象がある種の高位の存在に特化されていた。

それは蛇神と呼ばれる蛇の姿をした神格までをも得た人外たちである。蛇喰一族は他の契約者の家系と違い、それぞれに別々の能力を持った蛇神と契約をする。

戦闘《せんとう》に特化された強大な力を持つ蛇神や大きな恵《めぐ》みをもたらす蛇神、知恵《ちえ》を与《あた》える蛇神、中には寿命《じゆみよう》を延ばすことが出来る蛇神すらもいると言われている。

このように蛇喰一族はそれぞれに能力特性の違う蛇神と契約することによって、同じ一族でありながら、様々な得意分野を持つ能力者を抱える異能集団と言えた。

噂《うわさ》では蛇喰家はこの強力な蛇神と契約するために、ある代償《だいしよう》を払《はら》っているとも言われているが、その内容は定かではない。

「で、花蓮、あなたは何をしにここにいるのよ」

「私は機関からの依頼でここに来た」

「え!? そうなの？」

祐人の問いに花蓮は頷く。

「おい、祐人。機関って確か、以前にお前が言ってたやつだよな」

「うん、僕《ぼく》らみたいな能力者たちを束ねている組織のことだよ」

一悟も驚きつつも、何とか話についていっているみたいだ。

「その依頼内容は聞いてもいいんですか？　花蓮さん」

「構わない。というよりも日紗枝《ひさえ》から場合によっては瑞穂とマリオンに相談しろと言われていた」

いつの間にか瑞穂とマリオンを名前で呼び、日本支部の支部長である日紗枝すらも呼び捨ての花蓮は態度だけは堂々としたもの。

瑞穂とマリオンは目を合わせて溜《た》め息《いき》をつく。

「そんなの聞いてないわよ……日紗枝さん」

「ま、まあまあ、瑞穂さん。大峰《おおみね》様も忘れていただけかもしれませんし、支部長もお忙《いそが》しい身でしょうから」

「それが問題なのよ。いつも、この辺は適当なんだから」

日紗枝をフォローするマリオンとあきれ顔の瑞穂。

「日紗枝は瑞穂たちに聞くのは、無料だと言っていた……」

「ああ！　だから何も言ってなかったんだ！　日紗枝さんから伝えてきたら依頼になって、報酬《ほうしゅう》が発生すると思ったのよ！」

花蓮の話にさすがのマリオンもフォローが出来ずに困った笑顔になってしまう。

祐人は花蓮に向き直る。

「それで蛇喰さんが受けた依頼の内容は何なのかな？　もしかしてお昼に襲撃《しゅうげき》してきた連中に関係が？」

「え⁉　それは初耳。私は戦闘向きではないから力技で来られたら困る。ああ、日紗枝に連絡しないと！　でで、でもパパ様に自力でやってこいって……瑞穂たちには助けてもらうのはバレないけど……」

あからさまにオロオロし始めた小さな花蓮を祐人が慌てて宥《なだ》める。

まるで小さな子が道に迷ったようで放っておけない。

「大丈夫《だいじょうぶ》だよ、蛇喰さん、落ち着いて。まだ、どんな連中かは分かってないから。でも、やっぱり蛇喰さんが受けた依頼内容を聞かせてくれないかな？」

祐人の言葉で、ある程度落ち着いた花蓮は頷いた。

「一週間ほど前に蛇喰家に機関から依頼があった。それは日本のある資本家や実業家たちが、原因不明の病気で一斉《いっせい》に倒れたから」

祐人と瑞穂はその話を聞いて怪訝《けげん》な表情をする。

「依頼主《いらいぬし》は？」

「日本政府」

「！」

祐人たちは顔を見合わせる。

途端《とたん》に話が大きくなってきたことに驚いたのだ。

「蛇喰さん、日本政府から依頼が来たということは日本政府がこれをどこからかの攻撃《こうげき》と判断したってこと？　しかも民間人の異変で政府が出張ってくるってことは……何か、その人たちは国家に関《かか》わる何かをしていたの？」

花蓮は祐人の質問に頷く。

「そう。その人たちは日本海におけるエネルギー開発事業、メタンハイドレード採掘《さいくつ》の賛同者たち。この攻撃は恐らくこれに不快感を持っている組織……もしくは」

「国家……ってことだね。というよりも、そこまで露骨《ろこつ》な嫌《いや》がらせってことは、大体、相手も分かっているんじゃ……。相手もわざとそれを誇示《こじ》しているってことかもしれない」

「日本政府高官のところには、私のパパ様たちが護衛についてる」

祐人は思案するように真剣な顔になった。

その祐人を見て瑞穂が花蓮に問いかける。

「じゃあ、花蓮さんは何をしに学院に来たの？　目的は？」

「その資本家、実業家たちの家族を守りにきた」

瑞穂は目を見開いてマリオンを見た。

マリオンも大体、花蓮の言う全体像が分かってきて瑞穂を見返す。

「すでに、さっき言った人たちの家族にも原因不明の病で倒れた例が続出している。私はまだその被害《ひがい》に遭《あ》っていない実業家たちの家族が数人在籍《ざいせき》しているこの学院に派遣《はけん》されることになった。ちょうど、その時にこの共学試験生制度のことを機関が知って、私をそれに押《お》し込んだ。年齢的《ねんれいてき》にも能力的にも私が適任だった」

「ちょっと待って、明良からの報告も見てみるわ」

瑞穂はスマホを取り出し、明良からのメールに添付された資料を開く。

瑞穂は素早《すばや》くその資料に目を通した。

「いかがですか？　瑞穂さん」

「今……花蓮さんの言うことと、ほぼ同じことが書いてあるわ！　機関から派遣された能力者についても言及《げんきゅう》されている。これが花蓮さんってことね」

「瑞穂さん、その学院に在籍されている家族……学院の生徒たちの名前は？」

「えっと……ちょっと待って」

「それなら分かる。忘れないように持っている」

花蓮は手をポケットに突っ込み、手書きで書かれているメモ用紙を取り出した。

「法月秋子《ほうづきあきこ》、伏見君江《ふしみきみえ》、鼎《かなえ》みか子《こ》、長内凜香《おさないりんか》、鳥羽愛子《とばあいこ》……と言われた」

「鳥羽先輩《せんぱい》⁉」

ニイナは花蓮が告げてきた名前の中に聞き及《き》《およ》んだことのある人物がいることに驚きの声を上げる。一悟もニイナの反応で気付いたような顔をした。

「ああ！　あのお昼に説教されそうになったミレマーのダンスの練習っていう無理な言い訳でまんまと騙された上級生の？」

「……」

ニイナがジト目で一悟を睨《にら》む。

「あ……いや、あの素晴《すば》らしい機転に驚かされたわ！」

「彼女《かのじょ》は今日、呪詛《じゅそ》の攻撃を受けた。私がそれを守った」

「まさか！」

祐人たちが顔を強張《こわば》らせた。

花蓮は、すごいでしょう？　というように胸を反らす。

「もしかして、あの時のガラスが割れたようなやつか？　その鳥羽先輩の上のところで」

「そう」

一悟の問いに花蓮は鼻をフフンと鳴らしながら答える。

その横で瑞穂は顎《あご》に親指を添《そ》えた。

「……他の人たちの様子も確認しないと駄目ね」

「大丈夫《だいじょうぶ》、それは確認した。法月明子以外は私の保護下にある」

マリオンは真剣な面持《おもも》ちでその花蓮に話しかけた。

「あの、花蓮さん。花蓮さんの能力は……？　花蓮さんは契約者だから、契約した人外の能力で呪詛をはじき返したんですよね？」

「うん、紹介《しょうかい》する」

「紹介してくれるんですか⁉　秘密じゃないんですか？」

「構わない。出てきて……」

そういう花蓮の身体《からだ》に霊力《れいりょく》があふれ出てくるのが祐人たちには見てとれる。

すると花蓮が合掌《がっしょう》をし、何かを念じるような仕草を見せると花蓮の背中から軟体《なんたい》動物が蠢《うごめ》く影《かげ》のようなものが現れた。

直後、スーッと花蓮の背中からその肩《かた》に顎を載《の》せるように、雪のように白い大蛇《だいじゃ》が姿を見せ、祐人たちは驚《おどろ》く。

特に一般人《いっぱんじん》である一悟やニイナは度肝《どぎも》を抜かれて体を硬直させるが、すぐに白蛇《しろへび》からくる厳《おごそ》かな雰囲気と神聖さを感じて思わず見とれてしまった。

「この子は呪詛と祟《たた》りを司《つかさど》っている」

「え⁉　本当かよ！　おっかねーな。見た目ではそんなのまったく感じねーのに」

「ええ、とても綺麗《きれい》です」

一悟とニイナが花蓮に纏《まと》わりついている白蛇に目を奪《うば》われていることに花蓮は満足気にしている。

「呪詛……⁉　じゃあ、蛇喰さんは呪詛や呪《のろ》いのスペシャリストなのかい？」

「そう思ってもらっていい」

祐人は瑞穂とマリオンに顔を向けた。

これは機関が派遣する能力者としては適任だ。これなら、まだ被害に遭っていない生徒たちは花蓮に任せていい。

だが、それよりも重要な事を聞いておきたい。

こちらの方が瑞穂とマリオンにとって、いや、呪詛の被害者《ひがいしゃ》である法月秋子にとって深刻な問題だ。

「蛇喰さん、機関は日本政府から聞いているよね？　この呪詛の発信源……もしくはその組織のことを」

祐人の問いに瑞穂とマリオンも深刻な顔をし、花蓮に集中する。

花蓮は頷くと口を開いた。

「中央亜細亜《あじあ》人民国」

「……最悪だ」

思わず祐人が思ったことを、そのまま口からこぼしてしまった。

そして、祐人は眉間《みけん》に皺《しわ》を寄せて臍《ほぞ》をかむ。

瑞穂も祐人と同じ気持ちなのだろう。その手で拳《こぶし》を作り、僅《わず》かに肩を震わせていた。

花蓮のもたらした情報によって、瑞穂とマリオンの友人でもある法月秋子に呪いをかけた相手は奇《く》しくも絞られた。

だが、それにもかかわらず、これでは呪詛をかけた能力者が分かっても迂闊に手が出せないということも同時に判明してしまったのだ。

「そんな強大な組織……国家が絡《から》んでいたなんて」

マリオンが若干《じゃっかん》濃い金色の眉毛《まゆげ》を中央に寄せた。

ニイナもミレマーで政治的な利権や動きを間近で見てきたため、何となく事態が見えているようで、ただ黙《だま》って瑞穂たちを見つめている。

「祐人、なに悩《なや》んでんだ？　相手は国だって言ったって、こんな理不尽《りふじん》なことしてんだぜ？」

「確かにそうだよ。とても許せるものじゃない。でも、これじゃ……」

「まさか、秋子さんが国家間のいざこざに巻き込まれたなんて」

瑞穂も悔《くや》しそうな声を漏《も》らす。そんなことにまったく関係もなく、また知りもしない女子高生の法月秋子が国家の利権争いに巻き込まれ、苦しめられている事実に瑞穂のまっすぐな正義感が激しく煽《あお》られた。

だが、それで直情的に動くほど瑞穂も短絡的《たんらくてき》ではない。

「おい、どうしたんだよ！　みんな」

一悟が声を上げるとマリオンが苦し気な表情で一悟に体を向けた。

「これでは下手に動けないんです。呪詛を払うには、その大元を絶たなければならないのに、相手が強大な力を持つ国家ともなると乗り込むこともままならないです。それに、もし私たちが強硬《きょうこう》な手段をとれば、機関と中国の抱える能力者部隊との戦争にも発展しかねません。確か、中国は虎《とら》の子の強力な能力者部隊『闇夜之豹《あんやのひょう》』を編成していると聞いています。噂では機関で言うランクBクラスの優秀《ゆうしゅう》な能力者が多数在籍しているとも……」

「な……」

一悟はマリオンの説明に口を閉ざす。

祐人は花蓮に視線を移した。

「蛇喰さん、機関はこの事態をどうするつもりでいるの？」

「今、日本政府が水面下で中国と接触《せっしょく》して事態の鎮静化《ちんせいか》を図《はか》っていると言っていた。それまでの間、私たち蛇喰家は被害の拡大を防ぐことに専念するように言われている」

「それは、つまり……日本政府がそのエネルギー開発で中国に何らかの譲歩《じょうほ》をして、手を引いてもらうってこと？」

「恐らくは」

「なんてこった！　日本政府もやり返せねーのかよ！　いきなり気に入らねーからって呪いをかけてきて、言うこと聞けば呪いを消してやるって、どこのマフィアだよ！　そんな連中の言うことを聞くってのか!?」

一悟はイライラした感じで頭を掻《か》いた。

「日本政府はお抱えの能力者部隊は持ってないんです。こういった事態は機関に代行してもらっているところがあって、その意味で機関とは良好な関係を保っているんですが……」

「でも、マリオンさん。これじゃあ、やられるばかりで意味ねーよ。その頼《たよ》りの機関が動きづらいんだろ？　今後もずっとこんな感じで行くつもりなのか？　日本のお偉いさんたちは！」

一悟の言うことや、今、一悟が感じているやるせなさは当然のものと言って良かった。

何故《なぜ》なら、ここにいる全員が思っていることでもあるのだ。

突然、瑞穂が立ち上がったため、全員の目が瑞穂にいく。

「それまで、秋子さんに我慢《がまん》しろって……そういうことなのね。何も悪くない秋子さんは苦しめられて衰弱《すいじゃく》までしているっていうのに」

瑞穂の絞りだすような声色《こわいろ》に祐人自身も唇《くちびる》を噛んだ。

「いいわ、明日、機関に乗り込んで、どういうつもりか問いただしてくる。これじゃあ、何のために私は……。それにやっぱりこのまま黙っているのは気分がスッキリしないわ」

「瑞穂さん……」

マリオンは瑞穂の気持ちが痛いほど分かる。だが、機関の回答は想像できるものだ。

恐らく、瑞穂の求める形にはならないだろう。そして、それに気付かない瑞穂でもないことも分かっているため、後に継《つ》ぐ言葉が出てこなかった。

瑞穂の表情にもそれを示すような怒りと悔しさが滲《にじ》み出《で》ている。祐人はその瑞穂の表情から瑞穂の心の内が見え、拳を握《にぎ》った。

「あーあ、たくっ！　なんていう状況《じょうきょう》だよ。正義が勝つ時代は終わったんかよ。祐人、お前も結局、動けねーと思ってんのか？」

吐き捨《す》てるように言い放つと一悟も立ち上がった。

祐人に一悟の言葉が重くのしかかる。祐人は思いつめるように腕を組み、下方に目を落とした。一悟はその祐人の姿を見つめて舌打ちをする。

「おい、祐人、お前はなんで普通《ふつう》の人間より強いんだ。いや、なんで強くなったんだよ。相手が巨大《きょだい》な組織か国だか知らねーけど、理不尽がまかり通るのをただ横で見ているような奴《やつ》は、どんなに力があっても意味ねーぞ」

祐人はピクッとこめかみの辺りを動かしたが、体は動かずに黙っていた。

「まったく、能力者だ、って言っても、結局一般人の作った体制に飲み込まれていくのか。これじゃあ、能力者はただの便利屋だな」

一悟が祐人に向けて言った言葉に瑞穂は悔しそうに何かを言いかけるが黙り、マリオンは沈《しず》んだ表情を見せる。

能力者であるそれぞれ三人の反応を見て一悟はため息を吐く。

（挑発《ちょうはつ》してんだが、気の強そうな四天寺さんもこれか……。余程《よほど》、しがらみが強いんだな）

そして能力者という人間たちの事情を大して知らない自分が厳しく言い過ぎていることが分かっている一悟は祐人たちに顔を向けた。

「ああ、もう！　事情も知らねー、しかも何の役にも立たねー、俺《おれ》が言うことじゃなかったな。俺は四天寺さん、マリオンさんが一番つらいのを知っていて挑発した。四天寺さん、マリオンさん、すまなかった。あと祐人も……」

一悟は瑞穂たちに謝《あやま》り、自分の髪《かみ》の毛《け》を片手でクシャッと握る。

「まあ、とりあえずは四天寺さんに機関って言うところと掛《か》け合《あ》ってもらって、その報告を待つしかないか……」

一悟の力のないつぶやきに、マリオンとニイナも立ち上がりつつ、目を落とした。

「いや……一悟の言う通りだよ」

「は？」

「え？」

マリオンとニイナ、そして瑞穂も祐人の方に顔を向ける。

祐人は口を開いたかと思うと、勢いよく立ち上がった。

「一悟、ありがとう、目が覚めたよ。僕は目の前の理不尽を素通《すどお》りするために強くなったんじゃない。こんなことを知っていて何もしないのは、必ず後悔《こうかい》する！」

祐人のその言葉を聞くと、一悟が段々、嬉《うれ》しそうな顔に変わっていき、喉《のど》を鳴らし始める。

「は！　おせーよ、祐人！」

「ああ、悪かったね！」

一悟と祐人が互《たが》いの肘《ひじ》をぶつけ合った。

話の方向が急展開したことに瑞穂は驚く。

「ちょっと、祐人！　あなた一体、どうするつもりなの⁉」

「瑞穂さん、いや、今まで通りだよ」

「え？」

「今まで通り、この呪術師《じゅじゅつし》を特定して、そこに乗り込む！　幸いなことに中国の軍関係の施設《しせつ》のどこかってことまでは絞れたし」

「祐人さん、まさか」

マリオンの顔がみるみる青ざめていく。

「よく考えれば、今回のこれは中国が証拠がないのをいいことに、一般人を平気で巻き込んだ挙句、日本政府に譲歩させるんでしょう？　だったら……」

「こちらにも証拠がなければ、何でもＯＫってか⁉」

一悟が満面の笑《え》みで、左の手のひらを右拳でうった。

「そんな、無茶《むちゃ》です！　いくら祐人さんでも大国相手に証拠も残さずなんて。しかも、一人で『闇夜之豹』とやりあうつもりですか⁉　私は反対です！　無謀《むぼう》すぎます」

「いや、マリオンさん。さすがに敵能力者部隊と全面的にやりあうような真似《まね》はしないよ。というより、僕の考えているのは敵に感づかれずに潜入《せんにゅう》して、中国の能力者に危害は加えずに、この呪術の触媒《しょくばい》を破壊《はかい》することだ。そうすれば、この呪詛も解除されるはずだし、相手もこちらに表立って難癖《なんくせ》はつけられないはずだよ」

「それが無茶だと言ってるんです！　相手は実力こそはるかに劣《おと》っているとはいえ、前回のスルトの剣《けん》とは違《ちが》うんです。多数の手練《てだ》れの能力者と大国の軍隊を相手にできる訳ありません！」

この時……マリオンの話す内容にニイナが目を見開いた。

（スルトの剣？　前回と違う？　どういう……祐人さんはミレマーで何をして……？）

ニイナは心の中に湧《わ》き上《あ》がる違和感《いわかん》から祐人の横顔を見つめてしまう。

それは祐人が隣《となり》の席にきて自然と流れた涙のように湧き上がる違和感だった。

そこに瑞穂が無表情に、鋭《するど》い視線を放ちながらマリオンの横から一歩前に出てくる。

「祐人……一つ聞くわ」

祐人は瑞穂の真剣《しんけん》で力の籠《こも》った目を見つめた。

「自信はあるのね？」

「あるよ。僕は隠密《おんみつ》行動を得意としているからね。相手の場所さえ分かれば必ず……いや、やって見せる」

互いに見つめ合う二人。そして、数秒の祐人と瑞穂の沈黙《ちんもく》は瑞穂の苦笑いで解ける。

「分かったわ……私は祐人を信じるわ。私は雇《やと》い主《ぬし》だものね、あなたの考えに乗るわ」

「瑞穂さん、どうして！　こんなの作戦でもなんでもないですよ！」

「ふふ、マリオン、大丈夫よ。それに……この祐人の顔を見なさい」

「……！」

マリオンは瑞穂に言われて、祐人を見た。

そして、すぐに大きなため息を吐く。

そのため息を吐くマリオンの表情には明らかに諦念《ていねん》が見えた。

「分かりました。もう、今の祐人さんに何を言っても無駄《むだ》でしょうし……でも、祐人さん」

「うん？」

「無茶だけは控《ひか》えてください。私は心配なんです。いつも、いつも祐人さんは無茶ばっかり……しかも、自分以外のことで」

マリオンの透《す》き通《とお》るように潤《うる》む碧《あお》い瞳《ひとみ》に見つめられ、祐人はドキッとしてしまう。

「祐人さん、今回も一人で行くつもりなんですか？」

ニイナがこのマリオンの言葉にハッとするような態度をとる。

（今回も一人で？　今回も？　何かしら……今、何かが一瞬《いっしゅん》）

脳裏《のうり》に半瞬だけ、ある場面がフラッシュバックしたように感じられて、ニイナは制服の胸の辺りを摘《つ》まんだ。

その様子に気づいた一悟だけが不思議そうにニイナを見つめる。

「い、いや、マリオンさん、まだそこまでは考えていないよ。相手の場所を特定してから考えようかと」

「私は行くわよ、祐人」

瑞穂は腕《うで》を組みながら声を上げた。

「私も行きます」

瑞穂の言葉にマリオンも即座《そくざ》に反応。

「いや、それは……のわ！」

二人の目力に祐人が思わず後退《あとずさ》る。

瑞穂とマリオンからは絶対について行く！　という決意が感じられるものだった。

このやり取りを見ていた花蓮が首を傾げる。

「今の話、好きにすれば良いと思う。私には関係ない。ただ、相手の呪術師のところに行く時、いくら相手に感づかれなくても、その間、三人とも学院を留守にしていれば疑われる。証拠はなくとも状況《じょうきょう》証拠になりかねない。目をつけられれば面倒《めんどう》」

瑞穂とマリオンが花蓮の指摘《してき》に目を見開いた。

祐人は花蓮の指摘に大きく頷《うなず》いた。

「それはあり得ると思う。ただ僕には証拠を残さないということに関しては考えがある」

瑞穂は眉《まゆ》を顰《ひそ》めて祐人の考えを促《うなが》す。

「それは？」

「敵地では証拠は残さないよ。でも、蛇喰さんの言うことも考えられる。だから、僕や瑞穂さんたちが疑われることがないように完璧《かんぺき》なアリバイを作る。僕らが一度もこの学院を離《はな》れてはいないという完璧なアリバイを。さらに同時に一悟やニイナさん、茉莉ちゃんの護衛も兼《か》ねることが出来るようにもする」

祐人の提案に一悟が眉を寄せた。

「おい、祐人、そんなことができるのか？　そんな都合の良い作戦ができる……って待てよ？　ままま、まさか！　お、お前！」

一悟が顔を真っ青にし、ガタガタと体を震《ふる》わせる。

「うん、僕の友人たちに力を貸してもらう」

「嫌ぁあぁあぁーー!!」

「一悟……僕の友人たちのフォローをお願いね」

「無理無理無理無理無理無理無理無理無理無理無理ぃぃぃ！　俺には無理!!」

一悟の取り乱しぶりに瑞穂とマリオンも何事かとたじろいだ。

「いや、今日、直接的に襲《おそ》ってきた連中の正体や目的も分かっていないんだから。僕たちが動く時に一悟やニイナさん、茉莉ちゃんたちを残していくのは正直怖《こわ》いんだよ」

逃《に》げ出《だ》す勢いの一悟を捕《つか》まえながら祐人は説明する。

「ニイナさん」

「は、はい！」

「ニイナさんにも僕の友人たちのフォローを、一悟と……そうだね、茉莉ちゃんとも協力して、してもらいたいんだ」

「はい、分かりました！　何だか分かりませんが、私にも出来ることは何でもします！」

「ニイナさん！　安請《やすう》け合いは駄目《だめ》ぇぇぇぇ!!」

涙目で縋《すが》るように言ってくる一悟にニイナは半目。

「茉莉ちゃんもお願い……」

祐人は茉莉の方に振《ふ》り返《かえ》ると、そこにはまだ壊れたラジオのようにブツブツと何かを放送している状態の茉莉がいて額から汗《あせ》を流す。

（あ、まだ立ち直ってなかった……）

「茉莉ちゃんには後で説明しよう。フォローできるメンバーは多い方がいいし」

横で一悟は膝《ひざ》を突き、頭を抱《かか》え、瞳孔《どうこう》の開いた目で遠くを見つめている。

「あぁあぁあ……お嬢様《じょうさま》たちとのキャッキャウフフの楽しい女子高ライフが、なんでこんなことに……。お、俺には見える、もうすんげー見える！　この女学院を巻き込んだ一大地獄絵図が!!」

「ちょっと一悟、正義が勝つ時代を終わらせないためだよ。それにちょっと大袈裟《おおげさ》だよ。ほ、ほら、以前よりはきっと大人しくなってる……かもしれない？」

「疑問形ぃぃぃぃ!!　祐人ぉぉぉ!!」

一悟が祐人に飛びかかった。

暫《しば》くして一悟が落ち着きを取《と》り戻《もど》し、というより精根尽《つ》き果《は》てた顔で大人しくなった。

「もういいです。諦《あきら》めます。色々と……」

真っ白な一悟をどう扱ったらいいか全員が困った表情している。

「祐人、友人っていうのは誰《だれ》よ」

「うん、瑞穂さん、覚えているかな？　以前に話をした僕が契約した、というより、いつのまにか契約してた人たちのこと」

祐人はミレマーで自分には契約人外がいることを伝えている。その時の瑞穂とマリオンの驚きようといったらなかったが、スルトの剣を倒《たお》しに行く際であり、必要最低限の説明と襲われた各都市に援護《えんご》に向かわせるとだけ言い残して出立《しゅったつ》した。

「ああ……あなたの契約人外のこと。なるほどね、その子たちに頼《たの》んで私たちに化けさせて〝アリバイ作り〟ということ。ふむ、悪くはないけど……微妙《びみょう》ね。人外では言葉や柔軟《じゅうなん》なコミュニケーションはできないから、周囲に疑われるかもしれないわ」

「いや、四天寺さん、言葉に問題はないんだわ。むしろ柔軟すぎる、というより自由奔放《ほんぽう》すぎることが大問題でね。それとコミュニケーション能力やカリスマ性、魅力《みりょく》がありすぎて周囲への影響《えいきょう》がコントロール不能に……ああ、悪夢が再び⁉」

「……え？」

　横から低音早口で即座に訂正《ていせい》してきたのは真っ白な一悟である。瑞穂は一悟の言っている意味も分からないが、それよりも一悟の状態に瑞穂は若干《じゃっかん》、引いていた。

　花蓮の契約人外の白蛇がスルスルッと一悟の横まで移動して来てジッと見つめている。

「祐人……覚えてろよ。この恨《うら》みは必ず」

「目の前で言わないでよ」

「もういいわ。今回は一人じゃないしな。白澤さんにも説明しないとな、どうする？」

「そうなんだけど、この状態じゃ……ね。後で話しておくよ」

定期的に顔をボンッと赤くさせている茫然《ぼうぜん》自失の茉莉に祐人と一悟は目を移した。

瑞穂とマリオンも何故《なぜ》か他人事ではない感じで茉莉を見ていたが、あまりに見事な壊《こわ》れぶりに今は少し顔を若干引《ひ》き攣《つ》らせている。

「そうだな、俺からも話しておくわ。以前の悲劇も……な」

そう言いながら一悟は、いまだに姿を見せ続けている白蛇に目をやる。

「あ……あのお昼の時に見た影はこの蛇様のものだったんだな。うーむ、こうやって見ると、なんかカッコいいな！」

すると白蛇は心なしか嬉しそうに大きくうねり花蓮から離れた。

どこに行くのかと何となしに目で追っていると白蛇は茉莉の方へ移動をしていく。

茉莉に興味があるのか、白蛇は茉莉の顔のすぐそばでジッと茉莉を見つめだし、仕舞《しま》いには自我《じが》崩壊《ほうかい》の境界線上を彷徨《さまよ》っている茉莉の頬《ほほ》に赤く細長い舌を何度も……当てる。

さすがにくすぐったかったのか、茉莉はツンツンしてくる頬の方向に顔を向けた。

しばし茉莉と大きな白蛇は至近で見つめ合う。

「……え？」

「……チロ（蛇神様）」

「あ、茉莉を気に入ったみたい。この子が初対面の人間を気に入るのは珍《めずら》しいこと」

花蓮が淡々《たんたん》としているが驚いた、といった風に肩をすくめた。

茉莉は暫く白蛇を見つめると白蛇の舌が茉莉の鼻に当たり、茉莉の瞳に力が籠っていく。

「ギギ……」

「……チロチロ（蛇神様）」

「ギャ――――――――!!!!」

「ギャ――、って、茉莉、女子力が足らない。そこはキャッ、と可愛《かわい》く反応すべき」

「なにこれ！　ナニコレ！　蛇よ!!　でっかい蛇ぃぃ――!!　祐人ぉぉ助けてぇぇ！」

茉莉は絶叫《ぜっきょう》しながら飛び上がるように白蛇から逃げ、思わず祐人に抱《だ》きついた。

「ちょ、ちょっと！　落ち着いて、茉莉ちゃん」

それを見た瑞穂とマリオン、ニイナの額に血管が一気に膨《ふく》れ上がった。

「し、白澤さん、またしても！」

「二度目です！」

「ゼロ距離《きょり》使いすぎ！」

三人は茉莉を祐人からはぎ取ろうともみ合い、祐人も巻き込まれ、その場に祐人を下敷《したじ》きに全員が倒れる。

その祐人を一悟は半目で見つめ……花蓮に視線を移した。

「いい気味だ。あ、そういえば花蓮ちゃん」

「お前、さっきから名前で呼んで馴《な》れ馴れしい」

「まあ、いいじゃねーか。花蓮ちゃん！　その方が可愛いし」

「……！」

サフッとした一悟の発言に花蓮は不意を突《つ》かれたように一瞬だけ顔を赤らめる。

「この蛇神様の名前はなんていうの？　これだけ神々《こうごう》しいしな、そりゃあ難しい名前なのかな」

「ニコロ吉《きち》」

「……は？」

「ニョロ吉。私が名付けた、いい名前」

「すげー、残念だよ!!」

今日、一番大きな声を出した一悟だった。

祐人たちは屋上を後にし、今後のことは明日話し合おうと決め、それぞれの家や寮《りょう》に戻ることにした。

また、正気に戻った茉莉には今回の事情を一から説明し、今後のフォローのお願いの話をすると、最初は驚き、祐人を心配そうに見つめるが……結局、何も言わず真剣な顔で承諾《しょうだく》してくれた。

茉莉は元々、正義感が強い。祐人がこの学院に来た理由にもすぐに理解を示し「私に出来ることは何でも言って下さいね。いくらでも協力しますから」と茉莉は瑞穂やマリオンに頭を下げた。

祐人は今回の襲撃を受けて、今から学院の敷地内《しきちない》の案内を瑞穂にお願いした。敷地内の建物の位置や地形を頭に入れて、万が一の再襲撃に備えておきたかったのだ。

一階まで降りてくると茉莉は慌《あわ》てて剣道部《けんどうぶ》の方に行き、顔色の悪い一悟とニイナも先に帰る、と言い残し教室の方に戻った。

一悟たちを見送りながら祐人は残った瑞穂とマリオン、花蓮に真面目《まじめ》な顔で体を向けた。

「瑞穂さん」

「うん？」

「明日、やっぱり機関の方に行って欲《ほ》しいんだ。一つ気がかりなことがあるから」

「昼の奴らね……？」

祐人は静かに頷く。

「あいつらのことを知りたい。正直、何のために襲ってきたのか目的がまったく分からない。屋上ではニイナさんたちが怖がってしまうかもしれないから、あまり話題には出さなかったけど、機関は捕《と》らえた連中の調査はしてくれるはずだと思うし、今回の呪詛の件との関連も知りたい」

「そうね、分かったわ。確かに、この襲ってきた連中は意味が分からないわ」

「そうですね……花蓮さんのお話ですと中国は呪詛を仕掛《しか》けることで日本政府を動かすところまで成功しています。それでわざわざ自分から尻尾《しっぽ》を掴《つか》ませる危険を冒《おか》して、私たちを襲ってくるのは考えづらいです。もしや、まったく別の組織が……でも、そうだとしても目的が分かりません。祐人さんは、これも中国が関係していると？」

「いや、僕《ぼく》にもまったく分からない。ただ、この呪詛事件とのタイミングが合い過ぎているからね……ただの偶然《ぐうぜん》かもしれないけど。それに正直、迂闊《うかつ》な連中だった。知らないだけなのかもしれないけど、ランクAの瑞穂さんとマリオンさんがいるのに襲ってきて、結果、撃退《げきたい》された。しかも捕縛《ほばく》されるという事態は最悪と言ってもいいはずだと思う。あれでは正体が知れる可能性大だし、次の襲撃《しゅうげき》も……あればだけど、僕たちが警戒《けいかい》するのは当然で、もう奇襲《きしゅう》という最大のメリットは使えない」

「本当に何が目的なのかしら。でも祐人、もし、あいつらが闇夜之豹だったら？」

「だとしたら馬鹿《ばか》としか言いようがないよ。事前に通告も正当な理由もなく機関認定《にんてい》の能力者にいきなり襲ってきたなんてことをしたら」

「さすがに機関も黙ってはいないですよね。機関はあくまで能力者個々の独立性は担保していますけど、ランク認定の際にある程度の義務も課します。一般人への危害や機関所属の能力者同士の争いの禁止等々。それは裏を返せば機関認定の能力者を保護するという意味もあります。それこそ中国が関与《かんよ》していたとすれば能力者の最大の組織である機関と事を構えることになります。裏で闇夜之豹と戦争になりかねません。そんなことを中国が望むとは思えないです」

祐人はマリオンの考察が正しいと考えている。だから意味が分からないのだ。

「もしかして、それを狙《ねら》った奴がいる？　戦争をしたがってる奴が……」

「まさか、それに何の得があるのよ」

「確かに……その通りだね、瑞穂さんの言う通りだ。今、考えても仕方なさそうだね。じゃあ、瑞穂さん、取りあえず明日はお願いするよ。僕は呪術師の居場所を特定するために友人に力を貸してもらえないか頼んでみる」

「それって祐人さん、契約《けいやく》人外のことですか？」

「ああ、うん。まあ、頼りになる友達たちなんだ……あはは」

今でこそ、マリオンも落ち着いて話題にしているが、祐人に契約人外がいると伝えられた時はひっくり返ったものだ。

たしかに契約者になる可能性はゼロではない。だが、祐人の話を聞けば複数の人外と一度に契約したということだ。数までは聞いていないが、たとえ二体だとしても、確率としてあり得ない話なのだ。

終始、淡々としている花蓮もこれには契約者として興味が湧いていたらしく、祐人を見上げた。

「祐人、今度、その契約したのに会わせて」

「え⁉ 蛇喰さんまで？」

「興味がある」

「そうね、私も事前に会ってみたいわ。まったく契約者の家系でもないのに……何で複数もの人外と契約してんのよ。どこまで非常識なの、祐人は」

「あ、私も紹介して欲しいです。どんな人たちなのか全員に会ってみたいです」

「え、全員⁉」

祐人はこの上なくまずい表情になる。

何故なら、実は瑞穂たちにはすべてを伝えている訳ではない。

全員となると三十人近くいることも、まさか擬人化《ぎじんか》できるまでの高位人外たちだとは知らないのだ。

　今回の学院不在の時のフォローをさせる、というのも姿だけ変化させて、一悟たちのフォローの下《もと》で乗り切ると受け取っていた。

　また、仲間の中にはガストンもいる。あの新人試験を襲い、瑞穂たちとも刃《やいば》を交えた吸血鬼《きゅうけつき》なのだ。しかも機関では倒されたことになっている。

（いや、全員はまずい。多すぎるしガストンもいる。二人に内緒《ないしょ》にするつもりはないんだけど、また驚かれて騒《さわ》がれたら嫌《いや》だし、今回は白《パイ》や嬌子《きょうこ》さんたちだけを紹介しよう）

　祐人が最初に顔色を悪くし、狼狽《うろた》えているのを見て訝《いぶか》しがる瑞穂。

「なに、祐人、紹介したくないの？」

「そんなことないよ！　うん、分かった。どちらにしろ、僕らが動くときには来てもらうから、その時に、って思っただけだよ」

　マリオンは祐人の話に納得《なっとく》するように頷いた。

「そうですね、その時にお願いします。あ、祐人さん」

「なに？　マリオンさん」

「その方たちって、その性分《しょうぶん》は男性ですか？　女性ですか？」

「うん？　両方いるよ、男も女も」

「そうでしたか」

それを聞いて何故かホッとするマリオン。

瑞穂がマリオンを見て首を傾《かし》げる。

「どうしたの？　マリオン」

「あ、ななな何でもないです。あの、その、もしかしたら色っぽい大人の女性の恰好《かっこう》をした人とかがいるのかなって。人外って契約すると悪さは出来ないですけど、当然、私たち人間とは感覚が違いますので……もし祐人さんに、その……誘惑《ゆうわく》とかしてないか、とか……」

恥《は》ずかしそうに顔を赤くし、最後の方はごにょごにょとよく聞こえない。

とはいえ、マリオンの様子から言いたいことが大体分かってしまい、祐人と瑞穂は顔を赤くする。

「あはは、そうなんだよ、実は困っていて……」

「マリオン、何を言うかと思ったら！　擬人化までできる超高位《ちょうこうい》な人外ならともかく、普通は、そんなことにならないわよ！　はっきり言って数体契約しているだけでも非常識なのに、ある訳ないわ。本来、コミュニケーションだってままならないんだから」

「え⁉」

言葉を遮《さえぎ》られる形になった祐人が極度に驚き瑞穂に顔を向ける。

「まったくマリオンは……意外とムッツリよね」

「マリオン、エロい」

花蓮はニマ～とした。

「ご、誤解です!!　誤解ですよ!?　祐人さん！」

「え？　え？　それは……」

「非現実的な話だから気にしないでいいわ、祐人」

瑞穂はマリオンにあきれ顔で花蓮は面白《おもしろ》がっているように見える。

「漫画《まんが》じゃあるまいし男の妄想爆発《もうそうばくはつ》の人外なんていないわよ。なに？　妖艶《ようえん》な美女とかオットリ系美人お姉さんとかがいて、とか？　はあ～、あるわけないわ」

「無邪気《むじゃき》な妹系少女やゴスロリもいるなんてあるわけない。猫耳《ねこみみ》とか」

マリオンは瑞穂と花蓮に弄《いじ》られて「ちちち違うんです！　忘れてください！　祐人さん」と縋るように伝えてくるが、当の祐人は、

「え!?　そうなの!?」

と、さらに驚《おどろ》いていた。

「……うん？　なに？　祐人」

「あ……ああ！　ななな、何でもないよ！」

祐人はこの瑞穂と花蓮のやり取りに顔色を真っ青にし、額から流れ出てくる汗が滝《たき》のように顎《あご》まで滴《したた》っている。

瑞穂と花蓮はマリオンに、やれやれ、という態度。

「そんなことが実際にあったら、その鬼畜《きちく》契約者をもれなく私が根絶やしにするわよ」

「マリオン、アニメ見すぎ。私も好きだけど現実との境界線はしっかりしている」

「ふえー！　ちがっ……」

「そうなのよ、花蓮。もっと言ってやって。マリオンって日本に来てからアニメに結構はまって、先日なんてマリオンの部屋に入ったら、クローゼットにメイドふ……」

「ダメ――!!　瑞穂さん！」

マリオンが瑞穂に飛びついて口を押《お》さえ、祐人の方へ涙目《なみだめ》で「違うんです！」と訴《うった》え、フルフルと震えている。

だが、もはやそれどころではない祐人は、ただただ、ガタガタと震えていた。

「もういいわ……って祐人？　あなた、何を震えてるの？」

「ななな、何でもないよ！　まったく！」

「そう？」

瑞穂は首を傾げたが、すぐに真剣な顔になり祐人に話しかけた。

「これから学院の敷地内を案内するけど……祐人、その後も時間ある？　それと花蓮、出来ればあなたにも来て欲しいところがあるのだけど、いいかしら」

「え？　うん、大丈夫《だいじょうぶ》だよ。何かあるの？」

「今日、お見舞《みま》いにいくつもりだったの。秋子さんのところに……」

「ああ……」

祐人は瑞穂の言うことを理解した。

被害者《ひがいしゃ》である友人の容体が心配なのが一番の理由であるのだが、呪術師特定のヒントやその対抗策《たいこうさく》が少しでも分かればというものだ。

花蓮は瑞穂の提案に意外とあっさりと承諾した。

「行く。ニョロ吉にも見せたいから。一旦《いったん》、保護下に入れた人たちは問題ない」

祐人も頷く。

「もちろん、僕も行くよ」

「じゃあ、敷地内を案内している間に車を待たせておくわ。マリオンは……」

「あ……私はここで待ってます。ちょっと心を整えて……」

先程《さきほど》の瑞穂と花蓮の弄《いじ》りのダメージが意外と深かったらしく意気消沈《いきしょうちん》のマリオンはうなだれている。

「じゃあ、瑞穂たちが帰って来るまで私が話を聞いてやろう。私が大人の視点の的確なアドバイスで心などすぐに整う」

「え⁉　花蓮さんが？　いえ、私は独りで……」

「遠慮《えんりょ》はいらない。私は器《うつわ》の大きい女。マリオンの持つ闇《やみ》（趣味《しゅみ》）も私なら受け入れられる。さあ行こう、ここは目立つ」

「ちょ、ちょ、花蓮さん、私は別に……⁉」

花蓮は構わずに嫌がるマリオンを引きずりながら行ってしまう。

「マリオン！　敷地内を周ってきたら連絡《れんらく》するから校門で待ち合わせよ！」

瑞穂が慌ててそう言うとマリオンと花蓮は角に消えた。

マリオンたちがいなくなり、軽く嘆息《たんそく》すると瑞穂は祐人に顔を向けた。

「じゃあ、行きましょうか、祐人」

「あはは、うん、お願い」

瑞穂は祐人を先導するように歩き始めた。

「とりあえず、敷地《しきち》は広いから地図があった方がいいわよね。学生部にあると思うわ。南側の正門の方と東の寮の方は祐人も見ていると思うから、中庭と北側の裏門の方と西側を確認《かくにん》しましょう」

　二人は一旦学生部に向かい、地図を手に入れると、敷地の北側から西側、そして最後に中庭という順番で視察することにした。

「瑞穂さん、とりあえず襲撃意志のある連中の想定侵入《しんにゅう》ルートと侵入後の予測を立てたいから広く見渡《みわた》せるところに行きたいな」

「分かったわ。気になるところがあったら、すぐに言ってちょうだい」

　瑞穂はそう言うと祐人の要望の叶《かな》う場所に案内を始めた。敷地の北側が一望できる音楽室や建物一つ一つの用途《ようと》も含《ふく》めて簡潔に説明していく。

「四天寺さん、ごきげんよう」

「ごきげんよう」

　時折、瑞穂が有名人なのか、または校風であるのか、すれ違う生徒たちから必ず挨拶《あいさつ》を受けた。瑞穂は微笑《ほほえ》みながら挨拶を返し、時には言葉を交《か》わして学院のお嬢様らしい振る舞《ま》いを見せている。

（へえ……）

　その瑞穂の姿を祐人はジッと見ていた。すると瑞穂は祐人の視線に気づいて首を傾げる。

「うん？　何？　祐人」

「え⁉　な、何でもないよ」

「……？　次は隣の校舎の廊下《ろうか》から西側が見えるからそっちに行きましょう」

「分かった！」

祐人は慌てて答えるが、実は瑞穂の姿に目を奪《うば》われていた。というのも、瑞穂の新しい一面を知ったような気がしたからだ。

祐人の知る瑞穂は正義感が強く公平な人柄《ひとがら》だがプライドが高く、勝ち気で若干険のある対応をすることがある少女だった。ところが、聖清女学院《せいせいじょがくいん》での彼女《かのじょ》はそのようなことはまったくなく、むしろごく普通《ふつう》の少女という感じだ。

瑞穂の隣を歩きながら、祐人はチラッと瑞穂を見る。

（今の瑞穂さんの方が、何て言うか……すごくいいなぁ。近寄り難《がた》さもなくて）

そう思った途端《とたん》、今更《いまさら》ながら瑞穂の制服姿が新鮮《しんせん》に感じられて、その学院の清楚《せいそ》な制服に瑞穂はよく似合うと考える。

「祐人、ここよ。ここから西側が……うーん？　ちょっとそこの建物が邪魔《じゃま》かしら」

瑞穂は廊下の窓から体を半分出し、お尻《しり》を突き出すようにして左の方へ体をよじる。

祐人はハッとして、瑞穂の左横から体を出して同じ方向を向いた。

「むむぅ、そうだね、大体は見えるけど、あの建物の向こう側も確認しておきたいかな」

二人は無理な体勢で目一杯《めいっぱい》身体をよじっていると瑞穂の頭が祐人の胸にぶつかった。瑞穂は驚いて振り返ると祐人の胸に頬がぶつかり、すぐ上に祐人の顔があり、至近で目が合う。

「あっ！　ごめんなさい……キャッ」

極度に慌てた瑞穂は体勢を整えようとした時、体を支える左手が汗で滑《すべ》り窓の外に体が傾《かたむ》いてしまう。

「うわ、瑞穂さん！」

咄嗟《とっさ》に祐人は瑞穂の腰《こし》からお腹《なか》まで手を回して瑞穂を支える。そして、力を籠《こ》めると瑞穂を抱きかかえるように持ち上げて廊下の上にそっと降ろした。

「あ……」

密着が解けて瑞穂から小さな声が漏《も》れると祐人と目が合う。

互いの顔が近く、瑞穂も祐人も予想外の出来事に顔を火照《ほて》らせた。

咄嗟な行動とはいえ、瑞穂を抱きしめるようになってしまい瑞穂に怒《おこ》られるのではという気持ちと瑞穂の想像以上にしなやかな身体の感触《かんしょく》のせめぎ合いが祐人の口を上手《うま》く回らせない。

「み、瑞穂さん、そそその、ごめ……」

「ありがとう、祐人。その……助かったわ」

「……え？」

意外にも瑞穂が素直《すなお》にお礼を言ってきたので祐人は顔を上げる。瑞穂の顔は真っ赤なまだが怒っている風はなく、それどころか目が合うと瑞穂の方から先に逸《そ》らした。

いつもの堂々とした瑞穂らしからぬ態度を見ると何故か祐人も余計に緊張《きんちょう》してしまい、返事もままならない。

「うん、その……良かった。怪我《けが》がなくて」

互《たが》いに能力者であり、正直、あのまま下まで落ちたとしてもまったく問題ない二人なのだが、この時はそのような考えは湧かなかった。

「次に行きましょうか、西側の敷地から中庭に行きましょ！」

「うん、分かった！」

二人は恥ずかしさから逃《のが》れるように、若干足早にその場から離れた。

瑞穂は祐人の少し前を歩き、激しい鼓動《こどう》と呼吸を整えていた。

力強く祐人に抱きかかえられた腰のところがジンジンとする。とても嬉《うれ》しいようで、心《こ》地《ち》がいいようで、とにかく恥ずかしくて居ても立ってもいられない気分だ。

（ハッ！　これがゼロ距離）

奇《く》しくも偶然、ゼロ距離を経験してしまい、瑞穂は今になって祐人を意識し始めた。

（よく考えたら私、今、祐人と二人きり……）

これまで祐人と二人きりになったことはほとんどない。必ず他の人間もいたのだ。そう考えると瑞穂は祐人と二人きりで何を話していいのか、分からなくなってきた。

今、瑞穂は簡単に言うと祐人を意識しすぎて混乱状態になっている。

（いい、今は……そう、仕事中よ！　もし、また敵が襲ってきたら私たちが守らなくてはならないんだから！）

瑞穂は必死に危機感を喚起《かんき》し、それによって少しずつ冷静になっていく。

だが、冷静になっていくと今度は違《ちが》うことが気になってきた。

それは祐人に対する自分の感情である。

瑞穂は自分が男嫌《おとこぎら》いなことを知っている。

アレルギー、というほどではないが、過去の経験から自然と男性を警戒するようになり、特に自分に寄ってくる男性には顕著《けんちょ》に壁《かべ》を作る。

ところが……祐人に対してはそういう警戒心《けいかいしん》が湧《わ》かないのだ。

（今は分かるわ、色々とお互いを知る接点があったから。でも、祐人は出会ってすぐに……嫌悪《けんお》感みたいなものがなかったと思う。何故なのかしら？）

西側の敷地に到着《とうちゃく》し、瑞穂は祐人を案内しながら祐人の横顔を見つめてしまう。

祐人は真剣な顔で瑞穂の説明を聞き、地形や建物によってできる死角を確認している。

「瑞穂さん、この壁の外側は何かな？」

「ああ、そっちは川を挟《はさ》んで住宅街よ」

「なるほど」

祐人は自分の依頼《いらい》でここに来た。それに対して祐人は手を抜《ぬ》こうとはしない。

こちらの思っている以上に応《こた》えようとしてくれる。

（祐人は本当に真面目なのよね。もっと要領よくやってもいいのにね）

そんな言葉が瑞穂の心に自然と浮《う》かんだ。そして、思わず頬が緩《ゆる》む。

祐人の人柄を知ることができれば誰だって好感を持つだろうと思う。もちろん、自分も
祐人に好感を抱いている。

（まあ、私のはあくまで好感であって、それ以上でもそれ以下でもないけど）

誰に対する説明なのか分からないことを考えながら、瑞穂たちは西側の確認を終えて学
院の校舎群の中央に位置する中庭へ向かう。

（祐人って……意外と女性にモテるんじゃないかしら。地味な見た目だから、祐人の良さ

に気づいた女の子しか寄ってこないと思うけど）

まるで他人事のように、それでいて恋愛巧者《れんあいこうしゃ》かのように頭を回す瑞穂だが、実は、心の内には今日の茉莉の姿が浮かんでいた。

（今日の白澤さん、あのまま放っておいたら絶対……）

茉莉が祐人の胸に泣きながら飛び込んだ場面を思い出すとモヤッとしてしまう。

すると、瑞穂は祐人のことが気になって仕方がなくなってきた。

一体、祐人はあれをどう考えているのか、と。

（あんなに綺麗《きれい》な子が、あんなに一途《いちず》に想《おも》ってくれて……もし、あのまま告白されたら祐人はどうしたのかしら。きっとコロッといくわよね！　それぐらい可愛いし！　もう！）

勝手にプンスカしてきた瑞穂は横にいる祐人をチラッと見る。

今、自分の依頼のために真剣《しんけん》に周囲を観察している祐人の顔にドキッとしてしまう。

それと同時に不安のような焦《あせ》りのような不思議な気持ちも襲ってきた。

これは祐人と出会ってから初めて知った感情だ。

さっき、祐人に助けてもらった時の気持ちと逆方向の感情である。

（祐人も、その……男だし、可愛い彼女とか欲しいわよね）

聞きかじったような知識で祐人のことを考えてしまう。この辺り瑞穂はやはりお嬢様であり、男女の機微《きび》などあまりよく分かっていない。

瑞穂たちは中庭に着くと庭園として整備された道を中心に検分する。祐人が一人中庭を確認し始めた時、偶然、建物の窓に自分の姿が映り、瑞穂は髪《かみ》を整えてみる。

「可愛い彼女……か」

ハッとしたように瑞穂は目を見開いた。

(そ、そういえば今まで祐人の女性の好みとか聞いたことがない)

それは是非《ぜひ》知りたい、聞いてみたい。

(あ！　祐人は共学のための試験生でもあるんだから、その辺のことは聞いておかなくちゃならないんだわ！　そう、そのために聞かないといけないわね、うん)

瑞穂は綺麗に整備された花壇《かだん》と木々を確認している祐人に近づくと恐《おそ》る恐る声を掛《か》ける。

「祐人」

「うん？　何？　瑞穂さん」

「あ、あのね、えっと……祐人は彼女とか欲しいの？」

「え⁉　どうしたの、突然《とつぜん》」

「いえ！　違うのよ。これはね、ほら、聖清女学院は共学化を検討しているでしょう？　そうなるとね、どうしても、こういう問題は起きるのよ」

「問題？」

「そ、そう！　祐人も分かっていると思うけど、ここは超がつくお嬢様ばかりよ。そこにね、男子生徒が来て共に学校生活を送ると、何ていうのかしら？　その……そういう混乱が起きないかというか」

「ああ、なるほど……」

祐人は合点《がてん》がいったように頷《うなず》く。

「今日、見ていた限りでも男子生徒のことを物珍《ものめずら》しそうに見ていたからねえ。確かに、恋《れん》愛《あい》事はどうしても起きちゃうだろうなぁ」

「そう、それよ！　やっぱり男子は彼女を作ろうとしちゃうでしょう？」

「うーん、全員がそうかは分からないけど、大多数はそうかもね。あ、こういうのは一悟に聞くといいよ。一悟はその辺のことを無用に研究しているから」

「それは後で聞くわ！　そんなことより祐人はどうなの？　欲しいの？　彼女」

「え⁉　僕？」

「そ、そうよ、色んなタイプの人の意見が必要なんだから。どうなのよ？　それと好みとかも教えなさい」

「こ、好みも？　何か恥ずかしいな」

「これも試験生としての仕事なのよ。いいから言いなさい、早く！」

妙《みょう》に前のめりに聞いてくる瑞穂のプレッシャーに祐人はたじろぐが、考え込むような表情になる。

「彼女は……欲しい、かな。やっぱり」

「……！」

瑞穂は何故か嬉しそうな顔をするがすぐに引っ込める。初めて異性に関する祐人の考えが聞けて瑞穂はさらに聞きたいことが増えていく。

「ふ、ふーん、まあ普通よね。で、どんな彼女が欲しいの？」

「どんな彼女か……？　うーん」

祐人は軽く俯《うつむ》いて顎を拳《こぶし》に載《の》せる。

「そんなに難しい質問じゃないでしょ。早く答えなさいよ」

「そんなこと言われてもなぁ。改めて聞かれると、うーん……あ、瑞穂さんはどうなの？」

「え、私⁉　ちょっと、何で私の好みを言う必要があるのよ！」

「いや、なんか上手い表現が浮かばなくて……人のを聞いたら何かしっくりとしたのが思いつくかなって」

まさかの質問返しを瑞穂はまったく想定しておらず狼狽《ろうばい》してしまう。

瑞穂は男、という生き物に対して好みなど想像をしたことはない。

四大寺家という特殊《とくしゅ》な家系に生まれ、すでに何度もお見合いを経験してきた。

そして、その都度、男の持つ本質を見てきたと思っている。そのため、仕事を除けば、今でも男とは関《かか》わりたくはない自分がいる。それでもいつかは家に従い、パートナーを受け入れなくてはならないが、それはそれだ。自ら彼氏《かれし》など論外だ。

「わ、私は……彼氏とか、恋愛とかに興味ないから別にいいのよ」

彼氏など論外、だがほんの一瞬《いっしゅん》、瑞穂は自分の隣《となり》に座《すわ》る祐人の姿を想像してしまい、祐人から視線を外して腕《うで》を組んだ。

「え⁉　瑞穂さん、そうなの？」

「そそ、そうよ。考えたこともないわ。何よ、何か問題でもあるの？」

「いや、問題とかじゃなくて、瑞穂さんがその気ならすぐに彼氏ができそうなのにな、って思って……瑞穂さん、すごい美人だし家も凄《すご》いし」

「ふん、顔に家……ね」

外見や出自を褒《ほ》められたにもかかわらず、瑞穂の表情に陰《かげ》が宿る。同時に祐人に対し落胆《らくたん》と失望の視線を送る。

「もう、いい……」

「でもそんなことより、瑞穂さんの真《ま》っ直《す》ぐな正義感は格好《かっこう》いいから」

祐人は瑞穂の方を見ずに、どこか照れたように頬を掻《か》いている。

「……っ！」

瑞穂は目を見開いた。

「曲がったことが嫌いで、友達のために行動することに躊躇《ちゅうちょ》がない。今回の件もそうじゃない。瑞穂さんは友人のために僕を雇《やと》ったんだから。しかも自分の貯金でね。中々できることじゃないよ。こんなことができる人、絶対にモテるよ。瑞穂さんの内面は、本当に格好いい」

瑞穂は祐人の言葉に不意を突かれたように硬直《こうちょく》し、カアーッと自分の顔の温度が急上《きゅうじょう》昇《しょう》したのが分かる。

「あ、ごめん！　女性に格好いい、は褒め言葉じゃなかったかな。あれ？　瑞穂さん？」

祐人がこちらに顔を向けると、無意識的に瑞穂は祐人に背を向けた。

「な、何でもないわ。もう行きましょう。それでどんな女性がすきなの？」

瑞穂は振《ふ》り返《かえ》らずに話を続ける。正直、実はもう祐人の好みはいい。今は祐人の顔が見られない。とにかく話も視察も早く切り上げてマリオンたちと合流しようと考える。

それまでには……落ち着きたい。

「うーん、それなんだけど、やっぱり分からないや」

「ふ、ふーん、つまらないわね」

瑞穂は高ぶる心を整えながら歩き出すと、祐人は瑞穂に続く。

瑞穂は背後に祐人を感じながら過去に自分とお見合いをしてきた男性たちのことが頭に過《よぎ》った。皆《みな》、四天寺の家格と自分の外見だけを評価してきた人間たち。

そしてこの時、瑞穂の記憶《きおく》の底から四天寺家に並ぶ日本での二大精霊《せいれい》使いの家系と言われる三千院《さんぜんいん》家嫡男《ちゃくなん》の顔が浮かぶ。

それは今でも心の奥深《おくふか》くに刺《さ》さる棘《いばら》だ。

「でも、どうせ祐人も美人でお金持ちの方がいいんでしょう」

祐人がそんな人間ではないことはもう分かっている。

でも、つい言ってしまっているだけ。

「うーん、お金持ちかはどうでもいいかな。人のお金でどうにかしようなんて考えたこともないし、やっぱりそれは自分で何とかしたい。相当難しいだろうけど……あはは」

瑞穂は後ろを振り返らずに目尻《めじり》を下げる。

「じゃあ、顔ね。祐人は可愛《かわい》い子に弱そうだし」

祐人からは見えないが、そう聞く瑞穂の顔は優《やさ》しく穏《おだ》やかで頬が赤く染められている。

「ええ？　か、顔だけで僕は好きになったりはしないよ！」

「そうかしら」

「ほら、〝好き〟って人それぞれだから、こうだ、とは言えないけど、僕はその人がいるだけで嬉しくて、その人を応援《おうえん》してあげたくて、ただその人の幸せを願ってしまう、それが〝好き〟なんだと思う。お金や外見だけでこんなことを思うわけないよ、きっと」

「……！」

瑞穂は今、完全に理解した。

この少年は瑞穂の知っている男性像とは違うことが。

瑞穂は心の中にある棘が融《と》けて消えていくのを感じ取った。

自分は嫌《きら》うが故《ゆえ》に男には態度がきつくなる。

もちろん、祐人にもそうだ。そうだったはずだ。そのように理解していた。

だが、それは祐人へのものはもっと別の……。

何故《なぜ》か突然、先ほど祐人に助けられた時の腰の辺りのぬくもりが思い出される。

「祐人」

「うん？」

「あなたに会えて……良かったわ」

「……え？」

思わぬ瑞穂の言葉に祐人は心臓が大きく跳《は》ねた。

異性に褒められること自体少ないのにもかかわらず、まさかあの四天寺瑞穂にこんな言葉をかけられるとは想像していなかった。

しかも、だ。

瑞穂が両耳を真っ赤にしている。白雪のような首筋も今は同様に真っ赤だ。

こちらを振り向かないために、今、瑞穂がどのような顔をしているか分からない。

だが、横に並んで顔を覗《のぞ》き込む勇気もない。

ただ祐人は瑞穂の後ろ姿に鼓動が速くなり、自分の顔が熱く火照っていることだけはしっかりと感じ取ったのだった。

「か、帰るわよ。お見舞いの時間に間に合わなくなるわ」

「あ、うん、分かった」

瑞穂はマリオンたちのいるところに向かうだけなのに真っ直ぐ歩くのが難しい。

後ろには祐人がいる。

今、振り返って祐人を見ては駄目《だめ》だ。見られても駄目。

その勇気はこの時の瑞穂にはなかったのだ。

エピローグ

法月秋子《ほうづきあきこ》の入院する慈聖《じせい》大学病院に祐人《ひろと》たちは到着した。建て直されたばかりのこの大学病院は都心部に位置し、先進医療《いりょう》にも秀《ひい》でたこの大学病院には専門別に数多くのオピニオンリーダーの医師たちが在籍《ざいせき》していることでも知られている。

その十階建ての白い巨大《きょだい》なビルすべてに病院と医療研究施設《しせつ》が入っていた。

瑞穂《みずほ》が一階の正面玄関《げんかん》に入ると機関の黒服の男性職員が待っており、見舞いの花を持つ瑞穂の姿を確認して静かに「こちらへ……」と病院内を案内してくれた。

瑞穂たちは機関職員に従い歩いていく。

話を聞けば、ここには法月秋子だけではなく、その父親である法月貞治《ていじ》をはじめとした、今回、原因不明の病気で倒《たお》れた実業家やその家族たち全員が入院しているとのことだった。

機関もこの病院に人員を配置しており、二十四時間の護衛をしている。おそらく蛇喰家《じゃはみ》の人間も護衛のためにいるはずだが姿を現さなかった。

看護師や病院職員が忙《せわ》しく行き来している廊下を進み、機関職員と共に祐人たちはエレベーターのところまでやってくる。

「十階、最上階にある個人部屋にそれぞれが入院されています」

機関の職員が説明をする。瑞穂は頷き、職員にお礼を言った。

「ありがとう、今回、倒れた人たちは全員、十階に？」

「はい、護衛の観点からそのようにしております。法月秋子さんはエレベーターを出て右側の左奥《ひだりおく》です」

「そう」

祐人たちは職員に連れられて法月秋子と書かれたプレートが貼《は》ってある部屋の前までやって来た。職員が形ばかりのノックをし、返事がないままドアを開けて祐人たちを部屋の中へ促《うなが》した。

部屋は薄暗《うすぐら》く、正面の厚手のカーテンが閉じられた窓際《まどぎわ》にベッドが設置されている。

そこに秋子が眠《ねむ》っているようだった。

瑞穂は足音を立てずにベッドに近づき、同級生を気づかわし気な表情で覗き込んだ。

「……っ！」

この時、瑞穂は静かに眠る秋子を見て絶句してしまう。

秋子は聖清女学院《せいせいじょがくいん》の学院内では明るい振る舞いで、友人も多く、人付き合いがそこまで上手くない瑞穂ともよく言葉を交わしていた。

その秋子が今、やせ細り、頬《ほほ》がこけて、黒ずんだ目の周りが沈《しず》んでいる。

よく手入れがされて綺麗だった髪の毛が今は半分以下に減り、頭部の所々に地肌《じはだ》が見えていた。

その変わり果てた秋子の姿に花を携《たずさ》えた瑞穂の右手は震《ふる》えている。

瑞穂の後ろから、マリオン、祐人、花蓮《かれん》がその同い年の少女を見て動きを止めてしまった。

マリオンなどは口を押さえ、目にうっすら涙を浮かべるほど驚いている。

「私のかけた祝福が消えてなくなってます……」

「先週からこの原因不明の症状《しょうじょう》が突然、進行し、今では自力で食事をとれなくなっています。現在、呪詛《じゅそ》と思われる被害者の中で最も状態が悪く……」

祐人たちの背後から機関の職員が静かに秋子の現在の容体を説明した。

瑞穂は手を震わせながら無言で秋子のベッドの横にある棚《たな》に花を置く。

「祐人、呪《のろ》いだけで人は殺せないのよね」

「うん……僕《ぼく》の今まで経験した呪詛や聞いた話ではそうだった。でも、これは……」

「私に見せて」

そう言い、花蓮が眠る秋子の横に近づく。

「ニョロ吉《きち》」

花蓮の背中からスッと白蛇《しろへび》が現れ、秋子を調べるように身体の周りをうねるように移動した。その白蛇の様子を瑞穂たちは見守るようにしていると白蛇は花蓮のもとへ戻《もど》り、その体に纏《まと》わりついた。

花蓮はまるで白蛇から何かを受け取るように目を瞑《つぶ》り、両手を腰のあたりまで上げる。

「花蓮さん、どうですか？　何か分かりましたか？」

マリオンが何かに耐《た》えきれないように聞く。

「これは……普通の呪詛ではない。こんなの初めて」

「そ、それはどういうことよ、花蓮！」

この場で最も呪詛に詳《くわ》しいであろう花蓮の言葉に瑞穂が驚く。

「これは、ものすごい数の人の悪意や憎悪《ぞうお》がこの子に集まっている。あらゆる方向から悪意、憎悪、嫉妬《しっと》、妬《ねた》み、恨《うら》みのような人の持つマイナスの感情が……この子に。こんなの有名人でもあり得ない。この子が本来持つ、ご先祖や神霊《しんれい》からの加護を消し去って……。違う、それらの加護がない。だから、この子は今、運気がゼロ」

祐人たちが花蓮の言うことに戸惑《とまど》い、顔を強張《こわば》らせた。

花蓮は目を開けて祐人たちを見渡す。

「人はそれぞれ自分の持つ運気というものを持っている。それにプラスして数々の目に見えない加護もある。それは人それぞれで本人の運気が異常に強く、加護が弱い者、またはその逆もいたりする。これらが合わさって、総合的にその人の持つ〝運〟と言われているものの強弱がでる、と蛇喰家では学ぶ」

「蛇喰さん……それは」

まだ祐人は花蓮の言うことが完全に理解できず、耳を傾ける。

「人からの悪意は人の持つ運気を弱らせる。けれども、余程《よほど》のものでもない限りは、ご先祖やその人にまつわる高位の存在の加護で守られるもの。だから、普通は問題ない」

「それって守護霊《しゅごれい》のような？」

「そういう認識《にんしき》でもいい」

「じゃあ、秋子さんはどういう状態なのよ」

「呪詛とは様々な儀式《ぎしき》や祭器、もしくは魔力《まりょく》、霊力を使い、この加護を突破《とっぱ》して標的にマイナスの思念を送り込むもの。そして本人の持つ固有の運気を直接消そうとしたり弱めたりするもの。人の持つ運気はその本人の生命力、またはこの世で生きるための力に関わる。それを消されれば、一番最初に症状としてでるのは体調不良や病気、そして、事故……等々」

「それじゃあ、秋子さんは……」

「生きる力、特に生命力が極端《きょくたん》に落ちている。他《ほか》の被害者より病状が悪化したのは、この子の持つ生命力が比較的《ひかくてき》弱かったことがあるのかもしれない」

「そんな……何とかならないの⁉　花蓮」

瑞穂が思わず声を荒《あら》らげる。

「一度、加護を突破されると厄介《やっかい》。呪詛は守るより送り込む方が容易。私のニョロ吉はその加護の強化が得意の能力のひとつだった」

心なしか花蓮も口惜《くや》しそうに俯いた。

「でも、花蓮さん。普通ではない呪詛というのは？」

マリオンが秋子を見つめていた視線を花蓮に移す。

「普通、呪詛のベクトル……呪詛の発信源は一つ。それなのに彼女はかなり多数の悪意を一斉《いっせい》に受けている。それぞれはさほど強くない思念。でもそれが束になってかかってきている状態と言うべき。それが大きな呪いの力になっているように見える」

「そんなことあり得ないわ！　秋子さんは人から恨まれるような女の子じゃない。むしろ、その逆なのよ。秋子は皆に愛されるキャラだったわ」

瑞穂は頬肉がそげ、かさついた肌の秋子に目をやり、やるせなく震える。

すると、その瑞穂の肩《かた》に祐人が労《いたわ》るように手を置き、花蓮に体を向けた。

「そんな普通ではない呪いを、どこぞの呪術者がやっているということなんだね？　蛇喰さん」

「恐らく……」

「分かった」

「ちょっと祐人、なんでそんな簡単に割り切れるのよ！」

瑞穂は祐人の淡々《たんたん》とした事実確認のような言葉を聞き振り返ると、その祐人の顔を見て目を見開いた。

そこには隠《かく》しきれない気迫《きはく》と仙氣を滲《にじ》みだしている祐人がいたのだ。

「瑞穂さん、やっぱり今まで通りで行こう」

「祐人……？」

「僕が敵の本丸を突《つ》き止《と》めて、いち早くこのふざけた呪詛を払《はら》う。瑞穂さんは明日、機関に行って情報収集をお願い。それと昼に僕たちを直接襲《おそ》った連中がもし呪詛を放った組織と同じだったら……」

「……祐人さん」

マリオンは頼《たの》もしい気持ちと不安が入り混じった顔で祐人を見る。

「機関も黙《だま》ってはいられないはずだ。その時に出す機関の動き、依頼は、必ず僕たちが受けるようにして欲《ほ》しい。いや、日本支部の主軸《しゅじく》でもあるランクAの瑞穂さんやマリオンさんが、いきなりは動かしづらいということだったら、まず、ランクDの僕に依頼を出すように言って欲しい。初手としては丁度いいランクのはずだよ」

「！」

瑞穂とマリオンに祐人の怒《いか》りが伝わってくる。

「祐人……私もやるわ。これは元々、私が出した依頼よ。それもあなたに任せたのではなくて、私とマリオンの補助という形でね」

「祐人さん！　私も行きます。一人は駄目です」

「……」

祐人は内心悩《なや》んだ。

というのも、隠密《おんみつ》行動という意味ではこの中で自分が一番秀でている。

瑞穂は中距離《ちゅうきょり》から長距離での攻撃力《こうげきりょく》が高い精霊使い。そして、マリオンはエクソシストだ。

隠密裏《おんみつり》に行動することに向いているとは言えない。

だが、決して引かない、という瑞穂とマリオンの意志の込められた目を見つめ返すと懐《なつ》かしい風景が心によぎった。

（ああ、こんなことが以前にも……魔界《まかい》でもあったたな）

〝祐人は何でも一人でやろうとする！　悪い癖《くせ》よ、私も絶対行くから。置いて行ったら祐人に一生、補助魔法はかけないから〞

〝まったくだ……。若い坊主《ぼうず》は何でも自分が主人公だと酔《よ》いやがる。お前にすべて任せるほど、耄碌《もうろく》はしてねーよ〞

〝まあまあ、祐人君。私たちは仲間ですよ。頼《たよ》りにして欲しいし、仲間の心配ぐらいはするのですよ。あなたが私たちを危険に晒《さら》さないように一人でしてしまおうと思うように〞

魔界でのリーゼロッテと戦友とのやり取りが目の前の状況《じょうきょう》と重なり、祐人は自嘲《じちょう》気味に笑った。

「分かった。取りあえず、明日以降になると思うけどお互いの役割分担を決めよう」

「当たり前よ、祐人」

迫《せま》るように言う瑞穂。

「はい！」

祐人の返答にホッとしたように頷くマリオン。

二人の少女の反応に祐人は懐かしさと心に湧《わ》き上《あ》がる不思議な力強さを感じてしまって、意気が上がっていくのを覚えた。

同じ気持ちを共有し、互いに率直《そっちょく》な意見を言える仲間がいる。

祐人は大きな頷きで応えると秋子の方に視線を移した。

「その前に今、出来ることだけやっていこう。マリオンさん、法月さんに祝福をかけてもらえる？」

「あ、はい！」

マリオンが霊力を集束させ、衰弱《すいじゃく》した秋子に出来る限りの強いエクソシストの祝福をかける。祐人は秋子のベッド脇《わき》にある椅子《いす》に座り、秋子の額と秋子の下腹の辺りに布団《ふとん》の中から手を当てた。

「何をするの、祐人」

「彼女の生命力を少しでも上げる」

祐人から濃密《のうみつ》な仙氣が溢《あふ》れ、その仙氣は祐人の手を通し秋子の身体に流れ出す。

祐人は自分と秋子の間に仙氣を何度も循環《じゅんかん》させ、秋子の氣を己《おのれ》に自分の氣を秋子に、と何度も交換《こうかん》し、その間にも祐人は仙氣を練り、充実《じゅうじつ》した仙氣を作り出していく。

花蓮はこの祐人の行動を怪訝《けげん》そうに見つめた。

「お前、何をやっている。不思議な能力」

祐人は絶え間なく氣の交換を続けていると……僅《わず》かに秋子の眉《まゆ》が動いた。

瑞穂とマリオンが驚《おどろ》き、ベッドに体を寄せて秋子の顔を覗き込む。

「秋子さん！」

「う……うう、あ……してん……じさん？」

頼りない声だが、秋子は意識を取り戻して目を開けた。

「そうよ、四天寺《してんじ》よ。しっかりして！」

秋子の目に僅かながら力が戻り、骸骨《がいこつ》のようになってしまった窪《くぼ》みのある目を瑞穂に向けた。

「ああ、お見舞《みま》いに来てくださったの……ありがとう。シュリアンさんも」

「はい、秋子さん！　お花も持って来たんですよ」

秋子がベッドの横にある花に目を移す。

「ああ、綺麗ね……ありがとう」

秋子はかすれた小さな声でお礼を言う。

すると、秋子は目に涙《なみだ》をためた。

「先日……まだ幼い従妹《いとこ》がお見舞いに来て、可愛い手作りのリボンを貰《もら》ったのだけど……飾《かざ》るほどの髪がなくなっちゃった」

秋子は弱々しく無理に笑おうとすると目尻から涙が流れる。

瑞穂は咄嗟に秋子の手を握《にぎ》った。

「何を言っているの！　すぐに髪の毛だって戻るわ！　秋子さんの自慢《じまん》の髪の毛を見れば、今、来ている試験生の男子たちなんかいちころよ」

秋子は少しだけ微笑《ほほえ》み……また、目を閉じ眠りについた。

瑞穂は秋子の手を握りながら、そっとその痩《や》せ切った手を布団の中に戻す。

マリオンは秋子の涙を丁寧《ていねい》にハンカチで拭《ぬぐ》った。

祐人は続けて仙氣を送り込み……そして、無言で立ち上がった。

祐人は一歩下がり瑞穂とマリオンの背後からその様子を眺《なが》める。

すると、小さな声で独白した祐人の言葉を花蓮は聞いてしまう。

「気が変わったよ」

その祐人の強い眼光を横で偶然《ぐうぜん》見ていた花蓮は、得体の知れない恐怖《きょうふ》を覚えた。

「そちらが先に仕掛《しか》けたんだ。しかも、なんの罪もないこの子にこれだけのことをした。瑞穂さんとマリオンさんのクラスメイトに手を出した代償《だいしょう》はキッチリ払ってもらうよ。呪詛の解除だけで済ませはしない」

花蓮は少年の放つ気迫に目を奪《うば》われ、不思議な感情と考えが浮かぶ。

（こいつは何故、今日、初めて会った人のことで、こんなに怒《おこ》れるのだろう……）

番外　傲光へのご褒美とテニス部の後輩

「では、御屋形《おやかた》様参ります！」

「うん、こっちもいくよ」

　この言葉を皮切りに傲光と祐人《ひろと》の姿が消えた。

　直後、祐人の自宅の広い中庭中央に二人が姿を現し、祐人の木刀と傲光の杖《つえ》が激しく交差した。

　その場で打ち合うこと十数合。互《たが》いに一歩も引かず、常人の目では追いつくことはできないスピードで木刀を、杖を振るう。

　縁側《えんがわ》に嬌子《きょうこ》とサリーが座り、二人の様子をニコニコしながら眺めている。

　祐人が上段から木刀を振り下ろすと傲光が杖を両手で持ち受け止め、杖を斜《なな》めに傾《かたむ》けていなし、下段後ろ回《まわ》し蹴《げ》りで祐人の足を払う。

　祐人は咄嗟《とっさ》にジャンプして躱《かわ》す。

　すると傲光の目が光った。

「好機！」

傲光は自分の身長よりも僅かに長い杖の端《はし》を両手で掴《つか》み、上空の祐人を追いかけるようにジャンプすると大上段で振り下ろした。

「うわ！」

杖は中央を持てば近接、端を持てば立派な長物である。

祐人は間合いが最大限に伸《の》びてきた杖を木刀で受け止めるが、不安定な空中であることと遠心力を最大限に活《い》かしていることから想像以上に衝撃《しょうげき》が重く、体勢を崩《くず》してしまった。

祐人はそのまま地面に墜落《ついらく》するが、右手から左手の順に手をつき全身がバネのように転がるとその場から即座《そくざ》に離脱《りだつ》。

直後、祐人の着地地点に傲光の杖が突き刺さった。

祐人はまるでボールのように跳ねながら立ち上がり、再び、互いに相反身で相対する。

「よくぞ躱されました！　お見事です、御屋形様」

「いや、今のは運が良かっただけだよ。もし、下が土でなければダメージを負っていたよ」

祐人は大きく息を吐《は》いて呼吸を整える。

実はこれはミレマーから帰還《きかん》した時に傲光が願い出てきたご褒美なのだ。

傲光は祐人と手合わせを望んでおり、祐人も快諾《かいだく》しての立ち合いである。

大きかった。

傲光は槍術《そうじゅつ》、棒術、杖術に長《た》けており、祐人は傲光との手合わせで学ぶところが非常に

祐人と傲光は一旦《いったん》武器を下ろすと、互いに戦評を始めた。

「ふう、それにしても槍《やり》を相手にするより、杖術、棒術の方が厄介に感じるなんて」

正直、常に間合いを変化させる傲光の杖術に祐人は防戦一方だったのだ。

「そうですね、その分、杖や棒、そして棍《こん》と言った武器は極《きわ》めるのも難しいです。使い手にとっても自由度が高いために選択肢《せんたくし》が多く、判断に悩むことがあるのです。当然、刀よりも重く、体が振り回されないようにしなくてはなりません。最後の攻撃《こうげき》は杖が最も重くなる使い方でした。攻撃力は高まりますが、その分、扱《あつか》いづらくなりますし隙《すき》も増えます」

「ふーむ、なるほどなぁ。ありがとう、傲光！　これからも時間がある時でいいから一緒《いっしょ》に稽古《けいこ》をしたいな。傲光との手合わせは本当に勉強になるから」

「なんと、御屋形様！　有《あ》り難《がた》きお言葉！　私は……私は何という果報者でしょう！」

突然感極《かんきわ》まった傲光はその場で膝《ひざ》をつき泣《な》き崩れる。

「ちょ、ちょっと傲光、大袈裟《おおげさ》だって……ああ」

もう傲光は聞いていない。こうなると当分、傲光はこちらの世界には帰ってこないのだ。

「はいはーい、祐人、お疲《つか》れ様《さま》ぁ」

「祐人さん、お疲れさまですー」

祐人の稽古が終わるとみるや嬌子とサリーが走り寄ってきた。

「はい、レモン」

「タオルですー」

「え？　ありがとう……って、その恰好《かっこう》は一体」

嬌子とサリーは二人ともテニスウェアを着ており、とてもよく似合っているが場違《ばちが》いにもほどがあるため意味が分からない。

「ええ？　グッとこない？　祐人」

「グッと？　何それ」

「はいー、グッとですー」

「……は？　それより何でテニスなの？」

「おかしいわね、テニス部で可愛い後輩が甲斐甲斐《かいがい》しく先輩のお世話すると男はグッとくるって書いてあったのに。露出《ろしゅつ》が足りなかったかしら」

(何を言っているのでしょう？　この人たちは。しかも嬌子さんとサリーさんの場合、可愛い後輩ではなくて、妖艶《ようえん》な先輩とおっとり先輩の間違いでしょうに)

嬌子は祐人の反応が不満だったのか、首を傾《かし》げつつスカートの裾《すそ》を摘《つ》まんで自分の姿を確認《かくにん》する。

「う！」

（ちょっと！）

嬌子の長い脚《あし》がチラチラと見えて祐人は目のやり場に困る。

「そうですねー、おかしいですー。私の読んだ雑誌だとこのまま更衣室《こういしつ》に一緒に……」

「ちょっと！　サリーさんは一体、何の雑誌を読んでるの！」

そう言いながらもサリーはポロシャツのボタンをすべて外しており……こちらも祐人は目のやり場に困る。

「ああ！　ちょっと僕はお風呂《ふろ》に行ってくるね！」

祐人がその場から逃《のが》れるように言うと、

「私も行くわ、祐人！　一緒に行きましょう」

「私もお背中流しますー」

「え!?　だだだ、ダメに決まってるでしょう！　何でそんなことに！」

「だって、テニス部では可愛い後輩はいつも先輩の体を……」

「はいー、テニス部の後輩が先輩のシャワーを手伝って……」

「うおい！　その大間違いなテニス部の後輩理論はなんなの!?　全世界のテニス愛好家に

謝《あやま》って！」

あとがき

魔界帰りの劣等能力者5巻をお手に取って頂き、誠にありがとうございます。たすろうです。

読者様が楽しんで頂けたのならとても嬉しいです。

さて、魔界帰りの劣等能力者ですが、今巻で第三章に突入しました。

敵にも味方にも新キャラたちが出てきて、これからさらに物語は加速していきます。

今後の展開をお待ちくださいね。

そういえば時々、祐人に対するヒロインたちの態度がひどい、祐人が可哀想だ、という感想をもらう時があります。

なるほど、と思うのですが、これはですね、祐人の人徳の所以だと思っています。

魔界から成長をして帰ってきた祐人の人柄に触れ、祐人に惹かれたヒロインたちは無意識下で祐人に甘えてしまうんです。だから、わがままに見えることもあるでしょう。

ですので、私が思うに悪いのは祐人君です。

包容力が妙な方向に力を発揮してしまっているのが今の状態です。ですが、こういうところも若い彼らにとっての今後の伸びしろなのでしょう。

魔界帰りが続いていく過程で、彼ら、彼女らはきっと心も精神も成長していきます。

それも描いていくつもりでいますので、末永くお付き合いください。

それとコミカライズも致しました。併せて応援を頂けますと嬉しいです。

最後にＨＪ文庫の編集の皆さま、営業の方、担当のＳさん、そして、大変お忙しい中、素敵なイラストを今回も描いてくださったかるさんに感謝を申し上げます。

また、この本をお手に取ってくださいました読者様、この物語を応援してくださいました方々に最大限の感謝を申し上げます。

誠にありがとうございました！

HJ文庫 909 http://www.hobbyjapan.co.jp/hjbunko/

魔界帰りの劣等能力者

5.謀略の呪術師

2020年12月1日　初版発行

著者――たすろう

発行者―松下大介
発行所―株式会社ホビージャパン

〒151-0053
東京都渋谷区代々木2-15-8
電話　03(5304)7604（編集）
　　　03(5304)9112（営業）

印刷所――大日本印刷株式会社

装丁――小沼早苗（Gibbon）／株式会社エストール

ISBN978-4-7986-2369-6　C0193

ファンレター、作品のご感想お待ちしております

〒151−0053　東京都渋谷区代々木2−15−8
(株)ホビージャパン HJ文庫編集部 気付
たすろう 先生／かる 先生

アンケートはWeb上にて受け付けております

https://questant.jp/q/hjbunko

- 一部対応していない端末があります。
- サイトへのアクセスにかかる通信費はご負担ください。
- 中学生以下の方は、保護者の了承を得てからご回答ください。
- ご回答頂けた方の中から抽選で毎月10名様に、HJ文庫オリジナルグッズをお贈りいたします。